www.tredition.de

AF198123

Karin Selest

# Allein das Leben zählt

## Zehn nahegehende Lebensschicksale

www.tredition.de

© 2016 Karin Selest

Verlag: tredition GmbH, Hamburg

ISBN
Paperback:     978-3-7323-7686-5
Hardcover:     978-3-7323-7687-2
e-Book:        978-3-7323-7688-9

Printed in Germany

# Mein Traum von Afrika – ich träumte ihn vor über dreißig Jahren

Ich hatte den Facharbeiterbrief in der Tasche, meinen neunzehnten Geburtstag ausgelassen gefeiert, und fieberte einem Traum entgegen. Ein Jahr technische Aufbauhilfe in Angola. Ich durfte raus, wenn auch nur für ein einziges Jahr. Ich wollte in die Freiheit, und endlich bot sich eine Gelegenheit, dem erdrückenden Gewahrsam meines Landes und nicht zuletzt der Obhut meiner Mutter zu entfliehen. Bisher gelang mir das nur von Freitag bis Sonntag. An diesen Tagen schlief ich bei Frank, in den ich damals unsterblich verliebt war.

Frank hatte gerade die Musterung hinter sich und würde in Kürze notgedrungen eineinhalb Jahre in der „Nationalen Volksarmee" Quartier beziehen. Was machte es da, wenn ich in Afrika war? Das gemeinsame Leben konnte später beginnen.

Ich glaubte fest daran, selbst tausende von Kilometern getrennt konnten wir die Prüfung bestehen. Danach würden wir uns im Bauerngehöft seiner Mutter eine Wohnung ausbauen und eine Familie gründen.

In unseren Träumen war alles perfekt, wir wussten genau, was wir wollten. Nur das Eine war uns fremd, dass Jugend und Besonnenheit kaum vereinbar sind. Um diese Erfahrung sollten wir in nur vier Wochen reicher werden.


Vier Wochen, so lange dauerte meine Pillenzwangspause. Wir hätten uns nur beherrschen müssen, aber das erschien Frank und mir das Schwerste und obendrein Blödeste, das man sich im Leben vorstellen konnte. Nein, beherrschen wollten wir uns keinesfalls. Zum Glück waren Frank und ich hinreichend darüber aufgeklärt, dass es mehrere Möglichkeiten zur Verhütung gab. Eine davon lag gleich neben den Kaugummis an der Kasse vom Dorfkonsum. Es musste nur einer losgehen, um solch eine Packung zu kaufen, schon wären die Liebe und unsere Zukunftsträume gerettet.

Freiwillig waren weder Frank noch ich dazu bereit, deshalb knobelten wir. Eine Münze sollte entscheiden; sie entschied sich für mich. „Nicht mit mir", dachte ich, wurde zickig und forderte Revanche. Ich bekam sie, es traf Frank und unser erster gemeinsamer Streit bahnte sich an. Weil wir von einem dritten Versuch beide nicht viel hielten, fauchte ich meinen Freund an: „Kondome sind Männersache, also gehst du!"

Franks Blick verriet, dass er diese Meinung ganz und gar nicht teilte. Doch dann umarmte er mich, gab mir ein Küsschen aufs Ohrläppchen und sagte: „Ich will nicht streiten. Entweder wir gehen da zu zweit hin oder besorgen die Dinger woanders."

Er hatte Recht, die Drogerie in der Stadt bot uns einen neutralen Boden. Aber bei Schneeregen und um diese Zeit, es wurde schon dunkel, mit dem Moped losfahren? Das war völlig ausgeschlossen und die Entscheidung damit gefallen. Schweigend zogen wir die Jacken über und traten den beschwerlichen Weg zum Konsum an.

Eine gefühlte Ewigkeit standen Frank und ich unschlüssig vor dem kleinen, immerhin üppig besuchten Geschäft. Bevor wir endgültig kalte Füße bekamen, was nur zum Teil am Schneematsch lag, besannen wir uns auf unsere Kühnheit und marschierten Hand in Hand geradewegs hinein.

Den Einkaufskorb zwischen uns und den Haltegriff eisern umklammernd, trödelten wir durch die Gänge in Richtung Kasse und reihten uns in die Warteschlange der tratschenden Dorffrauen ein. Je näher der Zahltisch kam, desto kribbeliger wurden wir und hefteten unsere Blicke auf das Objekt der Begierde. Die Staubschicht auf den kleinen Packungen verriet, dass wir nicht die Einzigen waren, die Skrupel hatten, danach zu greifen. Ich schaute Frank unschlüssig an, da krakeelte auch schon die Frau an der Kasse: „Was wollt ihr denn?"

Eine Totenstille breitete sich um uns herum aus. Die Dorfneuigkeiten verloren an Bedeutung und von allen Seiten wurden wir erwartungsvoll angestarrt. Frank lief rot wie ein Feuerlöscher an und mir wurde heiß und kalt zugleich. Ich kam mir vor wie ein Bankräuber, der seine Pistole im Fluchtwagen vergessen hatte. Bevor die Kassiererin zur nächsten Frage ansetzen konnte, grapschte ich irrwitzig nach einem Päckchen Fruchtkaugummi. Frank verstand zum Glück den Seitenpuffer, den ich ihm gab. Geistesgegenwärtig legte er eine Mark auf den Kassentisch und wie von einem Rudel Raubtieren gejagt stürmten wir hinaus auf die Straße.

Kaugummi kauend trödelten wir nach Hause. Zumindest hatten wir für keinen neuen Dorftratsch gesorgt. Wir versprachen uns, in den kommenden Wochen Vorsicht walten zu lassen, und verdrängten so unsere Gedanken an den peinlichen Versuch, Kondome zu kaufen.

Obwohl der Sex, wie Frank und ich fanden, ab diesem Abend weniger Spaß machte, klappte es recht gut. Wir hatten alles fest im Griff und waren stolz auf uns.

Doch dann kam dieser Freitag. Ich weiß nicht, welches Datum er hatte, aber es könnte sehr gut ein Dreizehnter gewesen sein. Wir hatten mit Freunden gefeiert, gesungen, getanzt und billigen Schaumwein getrunken. Weit nach Mitternacht schlenderten Frank und ich eng umarmt die Dorfstraße entlang. Es war kalt und wir freuten uns auf wohlige Wärme unter der Bettdecke.

Die Vorfreude wurde mehr als gestillt. Frank lockte mich verführerisch unter das Federbett, und wie in all unseren Nächten schmiegte ich mich an seinen wärmenden Körper. Eine verheißungsvolle Behaglichkeit umhüllte mich. Ich fühlte seine Hände und den Kuss auf meiner Haut. Vertraut und innig umschlungen erfühlten wir uns wie nie zuvor und ließen uns von der Leidenschaft verzaubern. Wir verschmolzen, wurden eins und erlebten ihn, den einen, den unendlichsten, wahnsinnigsten Moment der Zweisamkeit. Wir schwebten zu den Sternen, tanzten im Universum und fanden die Glückseligkeit.

Die Landung erwies sich als weniger himmlisch, viel zu schnell kamen wir im Hier und Jetzt an und das Angstgefühl nahm uns gefangen.

Wochen des Bangens und Hoffens vergingen. Wir redeten, vermuteten, stritten und versöhnten uns, bis meine Befürchtung zur Wahrheit wurde und ich zum ersten Mal im Leben vor der Entscheidung „Entweder – Oder" stand. Entweder Mutter werden oder Angola sehen. Frank überlegte nicht lange, er empfahl mir das Oder. Doch so einfach war es für mich keineswegs. Den richtigen Entschluss zu fassen, fiel mir alles andere als leicht. Sollte ich ein Kind wegen eines Jahres Freiheit opfern? Nein, das durfte ich nicht. Das musste Frank verstehen, selbst wenn es bitter für ihn war.

Für meine Schwiegermutter in spe bedeutete der „Unfall", dass schnellstmöglich geheiratet werden müsse. Meine Eltern durchdachten das Dilemma einige Tage länger. Schlussendlich freundeten sie sich mit dieser Lösung an und ich mich irgendwie auch. Zumindest würde ich ein neues Leben beginnen, ohne ständig am Rockzipfel meiner Mutter zu hängen. Platz gab es auf dem Bauernhof genügend. Ein großräumiger Umbau musste nicht sofort sein. Gemütlich und komfortabel würden wir uns eben später einrichten.

Anstatt den Vertrag für Afrika zu unterzeichnen, unterschrieb ich das Aufgebot. Frank nahm es bedingungslos hin, doch bald spürte ich, dass er sich veränderte. In ihm ging etwas vor, das in mir Zweifel weckte. Er wurde zunehmend schweigsamer, verbrachte viel zu viel Zeit ohne mich und schien seine

Einberufung kaum erwarten zu können. Schmerzhaft musste ich mir eingestehen, dass Frank nicht mehr auf der Suche nach Träumen für uns beide war, und wenige Tage vor der Trauung traf er eine Entscheidung. Es überraschte mich nicht, ich hatte es geahnt. Irgendwie verstand ich Frank sogar. Er war unglücklich, überfordert und hatte Panik. Er wollte keine Frau mit Kind, die auf ihn wartete, solange er bei der Armee diente. Frank wollte frei sein, sagte er mir, als er ging und damit mein Leben aufs Neue in eine andere Bahn lenkte.

Großmütig nahmen sich meine Eltern meiner und des Würmchens in meinem Bauch an. Meine Mutter meldete die Hochzeit ab und gab das Brautkleid zurück. Mein Vater widmete sich der Abstellkammer neben dem Kinderzimmer und schuf einen zweiten bewohnbaren Raum für mich und sein zukünftiges Enkelkind. Es war wohltuend, dass sie mich in dieser Zeit des Kummers und der Enttäuschung über eine verlorene Liebe nicht allein ließen. Doch was für meine Eltern Fürsorge hieß, bedeutete für mich ein Zurückgehen in die Unselbständigkeit. Das wurde mir schnell bewusst. Den Traum von Afrika hatte ich selbst begraben. Den Traum von Freiheit begrub die erneute Abhängigkeit.

Fünf Monate später wurde mein Sohn geboren und ich war noch immer an meine Eltern gebunden. Vielleicht war ich nicht erwachsen genug und zu schwach, vielleicht liebte meine Mutter zu sehr oder war zu übermächtig. Ich kann es nicht sagen, aber mein Sohn gehörte zu keiner Zeit mir.

Frank sah sich seinen Erstgeborenen lediglich ein einziges Mal an. Er stellte keine Ansprüche, zahlte Alimente und war frei.

Eines Tages sollte auch ich es werden.

Mittlerweile bin ich nicht nur frei, sondern habe Frieden mit mir selbst geschlossen. Doch jede Entscheidung auf dieser Wegstrecke brachte ein „Entweder – Oder" mit sich. Oft war es ein Abschied für lange Zeit, wenn nicht gar für immer.

Mein Traum von Afrika ist nicht in Erfüllung gegangen, begleitet hat er mich bis heute. Möglicherweise fand ich durch ihn die Antwort auf die Frage: Was ist Glück?

Für mich bedeutet Glück, trotz unerfüllter Träume und Wünsche den Weg in das eigene Leben immer wieder zu finden.

# Sehnsucht

Es war einer der letzten warmen Tage im September. Der laue Herbstwind wehte durch die Bäume und spielte mit den buntgefärbten Blättern.

Im zweiten Stock der stattlichen, ein wenig baufälligen Villa streckte ein Junge den Kopf aus dem Fenster. Man brauchte nur einmal hinzuschauen und wusste, dass es Tommi war. Sein Haar versteckte er wie immer unter einem knallroten Baseballcap. Tommi war acht Jahre alt und ein aufgeweckter, zu jedem Unfug bereiter, kleiner, pummeliger Bengel. Doch an diesem Tag stand er im mausgrauen Jogginganzug und roter Kappe traurig am Fenster.

Er hatte es Micha versprochen. Er würde aufpassen und ihn rufen, sollte das grüne Auto durch die Einfahrt kommen. Micha war sein einziger Freund und damit sein bester. Er war wie Tommi acht Jahre, spindeldürr, um einiges größer und hatte fast dasselbe braune Haar. Doch seines kräuselte sich in hunderten winzigen Löckchen um den Kopf.

Micha und Tommi waren unzertrennlich und selten traf man einen ohne den anderen. In der Regel wurde es immer laut, wenn die beiden in einem Zimmer waren. Es sei denn, sie heckten einen Streich aus.

An diesem Tag aber war alles anders. Hibbelig räumte Micha eine blaue Reisetasche ein und Tommi beobachtete ihn verstohlen. Er sah die strahlenden Augen und wusste, sein Freund hatte es verdient. Er wohnte schon viel zu lange im Kinderheim. Der Kleiderschrank war beinahe leer, bald würde Micha fertig sein. Micha hatte seine beste Jeans angezogen und das Hemd, das ihm die „Leute" mit dem grünen Auto am vorigen Besuchssonntag geschenkt hatten. Genau diese „Leute" wollten ihm seinen Freund wegnehmen.

Tommi schaute wieder hinunter in den Garten. In Gedanken sagte er: „Das Auto darf nicht kommen, es darf einfach nicht kommen, dann bleibt Micha hier."

Wie ein Boxhieb traf es ihn, als doch ein Auto durch das Tor fuhr. Zu allem Unglück war es grün.

„Jetzt sind sie da." Wie bei einem Roboter purzelten die Worte, eines nach dem anderen, über seine Lippen.

Micha schnellte hoch, stürmte zum Fenster, kreischte: „Juchhu, endlich", und flitzte aus dem Zimmer. Im Laufen rief er: „Los komm mit, beeil dich!"

Wehmütig trödelte Tommi hinter Micha her, der polternd die Treppenstufen hinuntersprang. Unten auf dem Flur hörte Tommi die Heimleiterin Silke schelten: „Junge, nicht so schnell! Du fällst mir noch die Treppe herunter." Silke schaute Micha, der sie vor Glückseligkeit kaum wahrgenommen hatte, lächelnd nach. Sie konnte seinen Jubel verstehen, auch sie hatte viele Jahre in einem Kinderheim verbringen müssen. Deshalb wusste sie nur zu gut, dass Freud und Leid im Alltag ihrer kleinen Heimbewohner nah verbunden waren.

Silke beobachtete, wie Michas Pflegeeltern ihn hinge-bungsvoll begrüßten. Für kurze Zeit schloss sie die Augen. An das, was ihr nun bevorstand, würde sie sich nie gewöhnen. Auf der Treppe hinter ihr saß Tommi. Silke sah die Tränen in seinen Augen und ging zu ihm. Sie setzte sich neben Tommi auf die Treppenstufen, zog ihn behutsam auf den Schoß und drückte ihn liebevoll an sich.

„Weine nur Tommi, es ist in Ordnung. Weißt du, manchmal muss das sein, manchmal braucht es viele Tränen, um den gewaltigen Schmerz wegzuspülen."

Silkes Umarmung und das, was sie sagte, taten Tommi gut. Ja, er weinte und er sah, dass Silke auch weinte, und das tat noch einmal so gut. Jetzt war er nicht mehr allein. Es gab jemanden, der ihn verstand. So, wie er Micha verstand. Seine Eltern hatten bei ei-nem furchtbaren Unfall sterben müssen. Micha brauchte bestimmt auch viele Tränen, um den großen Schmerz wegzuspülen. Doch nun hatte er wieder El-tern und musste nie wieder so viel weinen. Dann dachte Tommi an Mama und Papa, sie waren nicht tot. Aber weshalb wollten sie ihn nicht? Tommi erinnerte sich daran, zu Hause war es oft schlimm gewesen. Da war Papas Hand, die geschlagen hatte, Mamas Schreie und der ständige Gestank nach Schnaps. Hier im Heim ging es Tommi besser, doch seine Eltern fehlten ihm. Warum konnte man sie nicht einfach gesund machen? Das verstand Tommi nicht.

Tommi verstand so vieles noch nicht.

Noch in Gedanken versunken ließ er sich von Silke die Tränen trocken, gab ihr bereitwillig die Hand und ging tapfer mit ihr hinaus in den Garten. Dort sah er sie. Die Frau, Micha nannte sie Tante Elfi, und den Mann, er hieß Onkel Klaus.

Tommi musterte die beiden. Tante Elfi schaute nett aus. Sie war auch nicht so dünn wie Onkel Klaus, der Michas Gepäck ins Auto räumte. Tante Elfi umarmte Micha. Tommi bemerkte, dass sie weinte. Er überlegte. „Wieso macht sie das? Ich bin der, der jetzt allein ist, sie hat doch Micha."

Tommi wischte sich mit dem Arm über die Augen, die einfach nicht trocknen wollten. Er ahnte, dass es höchste Zeit war, und ging hinüber zu Micha. Er zog seine rote Kappe vom Kopf und hielt sie ihm entgegen.

„Hier, zur Erinnerung."

Sprachlos sah Micha den Freund an, ihm wurde bewusst, dass er für immer weggehen würde, und Tommi durfte nicht mitkommen. Ganz fest drückte er Tommi an sich, dann standen sich die Jungs weinend gegenüber.

Onkel Klaus sagte mit tröstender Stimme: „Hört mir zu, an jedem Besuchssonntag werden wir hierher fahren. Das ist versprochen und bis wir uns wiedersehen, habe ich etwas für dich, Tommi."

Onkel Klaus hob einen großen Korb Äpfel aus dem Auto und stellte ihn vor Tommi. Er bückte sich über den Korb und schien alle Äpfel umschichten zu wollen, bis er einen in der Hand behielt.

„Hier Tommi, das ist der Größte und Schönste, der ist nur für dich gewachsen. Wir haben im Garten viele Obstbäume und Beerensträucher. Immer wenn Micha zu Besuch kommt, bringt er dir und den anderen Kindern jede Menge Früchte mit. Im Winter gibt es Saft, den kocht die Tante Elfi, und glaube mir, das kann die richtig gut."

Tommi nickte und nahm den Apfel. Er wollte sich bedanken, wie er es gelernt hatte, doch er brachte kein Wort heraus.

Nun ging alles rasend schnell. Die Freunde umarmten sich ein letztes Mal und Micha stieg mit Tante Elfi und Onkel Klaus ins Auto. Die Türen klappten zu. Micha hatte Tommis knallrotes Baseballcap aufgesetzt und kniete winkend auf der Rückbank. Der Motor brummte, Onkel Klaus hupte noch dreimal und das Auto fuhr durch die Einfahrt. Tommi schwang die Arme über dem Kopf hin und her, bis er das Auto nicht mehr sehen konnte. Dann nahm er den Apfel mit beiden Händen und biss hinein. Süßsaurer Saft füllte seinen Mund. Das Schlucken fiel ihm schwer, so sehr kämpfte er gegen die Tränen an. Da fühlte er Silkes Hand auf seiner Schulter. Mütterlich fragte sie: „Soll ich dir den Apfel schälen und in Stücke schneiden?"

„Nein, ich will ihn so essen, dann habe ich ihn länger. Jetzt, wo ich allein bin, habe ich viel Zeit."

„Nein Tommi, du bist nicht allein. Schau dort, die anderen Kinder."

Silke zeigte zum Hauseingang, wo gewiss 20 Kinder standen. Das jüngste war höchstens vier Jahre alt. Tommi sah, dass sie herüberschauten, und ihm wurde klar, dass auch sie bleiben mussten. Bestimmt waren sie ebenso traurig. Tommi setzte sich ins Gras, er wollte nachdenken. Ob sie seinen Freund ersetzen konnten?

Silke winkte die Kinder heran und flüsterte ihnen etwas zu. Miteinander tuschelnd, nahm jedes Kind einen Apfel aus dem Korb, lief zu Tommi und setzte sich neben ihn auf den Boden. Sie hatten alle viel Zeit, doch zusammen waren sie nicht allein. Morgen würde ein neuer Tag beginnen und bald wieder ein Besuchssonntag kommen.

# Mein Vater

Was mochte in meiner Mutter vorgegangen sein, als sie auf den mit Büschen und Birken zugewachsenen See schaute?

„Das war euer Waldsee?", unterbrach ich die bedrückende Stille.

„Ja Felix, das war einmal unser See. Eigentlich standen ringsherum Bänke, na ja, es ist lange her."

Sie zeigte auf einen Hügel inmitten der wild gewachsenen Landschaft.

„Dort wo die Eiche steht, da war die winzige Insel, mitten im See. In den Baumstamm waren etliche Herzen geschnitzt. Ob ich unseres noch finden würde?"

Ich zuckte verlegen die Schultern. Um etwas Sinnvolles zu tun, sah ich mich nach einer Sitzmöglichkeit um und entdeckte eine umgestürzte Fichte.

„Komm, wir setzen uns erst einmal auf den Baumstamm dort drüben."

Ich sog den moosigen Geruch des feuchten Bodens ein und lauschte dem Wind, der durch den Tannenwald strich. Aus der Ferne hörte ich das Hämmern eines Spechtes.

Meine Mutter saß regungslos da und starrte auf die riesige Eiche. Ihr Schweigen flößte mir allmählich Angst ein, sie schien so unendlich weit weg. Als sie schließlich zu erzählen begann, atmete ich erleichtert auf.

„Weißt du Felix, es ist fast 17 Jahre her, doch mir kommt es vor wie gestern." Sie fuhr mit dem Handrücken über ihre Augen und seufzte schwer.

„Es war am neunten September Fünfundneunzig, ein Samstag, und der 23. Geburtstag von Steffen, deinem Vater. Er hatte zwei Geburtstagswünsche. Steffen wollte, bevor es Herbst wurde, noch einmal an den See, das war der erste Wunsch. Den zweiten sollte ich hier erfahren. Dein Vater liebte Geheimnisse, er machte nicht die geringste Andeutung. Mir kam es recht, wir hatten ohnehin wenig Geld. Ich zauberte am Tag zuvor die Leckereien für unser Picknick und am Morgen habe ich Steffen mit einem Kuss geweckt und ihm gratuliert."

„Was, nur gratuliert, ohne ein Geschenk?", fragte ich zweifelnd.

„Na ja, nicht nur, ich habe ihm schon etwas mehr gegeben." Verschmitzt lächelte mich meine Mutter an.

„Ach so", brummte ich und merkte, dass ich rot wurde. Mit kaum 16 Jahren konnte ich mir *DAS* bei meiner Mutter nicht vorstellen. Schnell lenkte ich ihre Gedanken in eine andere Richtung.

„Und wann seid ihr losgefahren?"

„Gleich nach dem Frühstück haben wir alles aufs Motorrad gepackt, die Lederkombi angezogen und sind auf und davon. Es war ein windstiller Tag, keine Wolke am Himmel und strahlender Sonnenschein. Am See waren noch zwei Pärchen. Wir haben uns ein

Plätzchen gesucht, sind in die Badesachen geschlüpft und ins Wasser gesprungen. Auf der Insel hatte sich ein anderes Liebespärchen verkrochen. Du musst wissen, am See gab es ein Gesetz. Liebende wurden nicht gestört! Wir tollten und schmusten ein wenig im See und sind zurück ans Ufer geschwommen. Steffen war wie immer vor mir da, er hat das Handtuch um meine Schultern gelegt und in mein Ohr geflüstert: 'Ich hoffe, du bist bereit für meinen zweiten Wunsch.' Ehe ich etwas sagen konnte, kniete Steffen nieder und hielt mir die Hand entgegen. Mein Herz ist fast stehen geblieben, an seinem kleinen Finger funkelte ein goldener Ring mit einem weißen Steinchen. Dann sagte er drei Worte: 'Bitte heirate mich.'

Ich war kribbelig wie nie zuvor in meinem Leben und habe mich übermütig in seine Arme fallen lassen.

Du wirst es nicht glauben, ich brachte keine einzige Silbe heraus, dafür habe ich vor Glück geheult. Steffen hat mir den Ring an den Finger gesteckt, mich geküsst und wir waren verlobt.

Steffen hatte sogar an Sekt gedacht, Kindersekt mit Erdbeergeschmack. Er musste ja noch fahren."

Meine Mutter lächelte glücklich und aus irgendeinem Grund wurde es in meiner Brust fürchterlich eng.

„Ihr habt euch bestimmt sehr geliebt."

„Oh ja!" gedankenverloren nickte sie. Als würde meine Mutter die Erdbeeren noch immer schmecken, fuhr sie mit der Zunge über ihre Lippen.

„Wir haben uns auf die Decke gekuschelt, den Sekt getrunken und die Hochzeit geplant. Ich konnte es kaum fassen, dass Steffen auf einmal heiraten wollte. Eigentlich hat er immer gesagt: 'Heiraten ist für Spießer'. Ich habe mir die Gesichter meiner Eltern vorgestellt. Wir waren schon drei Jahre zusammen und sind ohne Trauschein in eine eigene Wohnung gezogen. Für deine Oma war es unerträglich, in unserem Kuhdorf nicht mit einer Hochzeit aufwarten zu können. Steffens Eltern haben leider schon lange nicht mehr gelebt."

Meine Mutter stockte und griff nach meiner Hand.

„Sie hätten dich sehr gerne gehabt. Na ja, auf jeden Fall wollten wir so schnell wie möglich heiraten. Und wir wollten ein Kind. Wir hatten schon einmal tagelang gehofft, aber dann war es doch falscher Alarm. Steffen hat gemeint: 'Pass auf, wenn wir rechtmäßig verheiratet sind, kommen die Babys Schlag auf Schlag'.

Was waren wir kindisch und albern und viel zu sehr mit uns beschäftigt. Wir haben nicht bemerkt, dass sich der Himmel zugezogen hatte. Das Gewitter kam von allen Seiten auf uns zu. Der erste Blitz hat uns aus den Träumen gerissen.

Die anderen waren längst weg und wir haben auch eilig zusammengepackt. Steffen wollte bis ins nächste Dorf, ist den Waldweg hochgefahren und auf die enge Landstraße eingebogen. Es hat geblitzt, gedonnert und wie aus Eimern geschüttet. Dann habe ich ein grelles Licht vor uns gesehen und es hat fürchterlich gekracht. Ich habe einen wahnsinnigen Schlag abbekommen und wurde vom Motorrad geschleudert. Ich lag da und konnte mich nicht mehr bewegen.

Die Luft hat verbrannt gerochen, ich hatte Todesangst. Irgendwann habe ich Stimmen gehört, wie hinter einer Nebelwand. Dann bin ich wohl ohnmächtig geworden."

Die Hand meiner Mutter zitterte, ich glaube, das, was sie mir nun erzählte, fiel ihr sehr schwer.

„Im Krankenhaus wurde ich wieder wach. Mutter saß an meinem Bett und hat geweint. Sie wollte mir nicht sagen, was passiert war. Ich sollte liegenbleiben und mich nicht aufregen.

Langsam kam meine Erinnerung zurück, an den See, an das Motorrad und an das grelle Licht. Ich habe an Steffen gedacht und wollte unbedingt zu ihm. Mutter konnte mir nicht in die Augen sehen und schwieg. Ich habe geahnt, dass etwas Schlimmes geschehen sein musste. Wie von Sinnen habe ich geschrien, dass ich zu Steffen will. Dann kam ein Arzt ins Zimmer gestürmt, hat mich an den Schultern festgehalten und gesagt, dass sie mich operieren mussten, weil zwei Wirbel gebrochen waren. Auch sei es mitten in der Nacht. Am nächsten Tag werde man mir alles erklären. Aber ich habe keine Ruhe gegeben, bis ich die Wahrheit erfuhr.

Das Licht, das ich gesehen hatte, war ein Blitz. Der schlug in einen Baum und hat ihn gespalten. Ein Teil der Krone ist auf die Straße gefallen, gerade in dem Augenblick, als wir mit dem Motorrad um die Kurve gekommen sind. Dass ich keine ernsthafteren Verletzungen hatte und lebte, war für alle ein Rätsel. Steffen hatte nie eine Chance, er war sofort tot. Meine Welt war zusammengebrochen. Ohne Steffen wollte ich nicht leben. Ich schrie und weinte, der Arzt hatte alle Hände voll mit mir zu tun. Dann sagte er etwas, das ich bis heute nie vergessen habe: 'Sie müssen es akzeptieren. Ihrem Freund können Sie nicht mehr helfen, aber dem kleinen Wesen, das Sie in sich tragen, dem können Sie das Leben schenken'.

Ja, ich war mit dir in der sechsten Woche schwanger und es war ein Wunder, dass es auch dir gut ging.

In der ersten Zeit dachte ich, die Trauer zerfrisst mich. Durch dich aber habe ich die Kraft gefunden, wieder zu leben."

Meine Mutter hielt noch immer meine Hand; mir liefen Tränen übers Gesicht. Doch ich schämte mich nicht. Ich sah ihr in die Augen.

„Danke Mutti, dass du alles erzählt hast."

„Das hatte ich dir versprochen, ich wollte nur warten, bis du erwachsen genug bist."

„Ich glaube, das Schlimmste ist, dass mein Vater nichts von mir wusste."

„Felix, er weiß es, da bin ich sicher, ich glaube sogar, er lebt in dir weiter."

Das klang wohltuend. Ich nahm meine Mutter in den Arm und fühlte mich erwachsen und doch so klein.

„Was meinst du Felix, wollen wir rüber ins Dorf und eine Kleinigkeit essen? Heute ist schließlich dein 16. Geburtstag."

„Das können wir gerne machen", sagte ich und hatte eine Idee.

„Sag mal Mutti, würdest du mir auch einen kostenlosen Geburtstagswunsch erfüllen?"

„Alles, was du willst, Felix."

„Dann wandern wir durchs Gestrüpp, zur Eiche und suchen euer eingeritztes Herz."

Die leuchtenden Augen meiner Mutter werde ich nie vergessen. Ich nahm sie an die Hand, so, wie sie es zuvor viele Jahre mit mir getan hatte. Wir waren auf der Suche nach einem letzten bleibenden Zeugnis meines Vaters. Ich glaube, meine Mutter hätte die Stelle am Eichenstamm mit verbundenen Augen finden können.

Ja, da war es. Nun sah ich es auch, das Herz. Durch die Jahre verwittert und tief mit der Rinde verwachsen. Ich glitt mit dem Finger darüber.

L + S.

Laura und Steffen – meine Eltern.

# Was willst du noch?

Vor diesem Moment hatte sich Petra gefürchtet, jetzt war er gekommen. Fassungslos starrte sie auf die weiße Wanduhr. Sie hörte die Stimme ihres Arztes Doktor Braun. Doch Petra nahm die Worte nicht wahr. Sie hatte schon alles gehört. Es war ein Wort – Krebs. Seit Tagen spukte es in ihrem Kopf wie ein böser Geist; nun wurde es ausgesprochen.

Apathisch stand Petra auf und zog den Blazer von der Stuhllehne; wie in Trance zwängte sie ihn in die Handtasche. „Frau Stelling, haben Sie mich verstanden? Wir müssen alles Weitere besprechen, uns bleibt wenig Zeit. Bitte lassen Sie sich wenigstens bei meiner Assistentin einen Termin geben."

Petras Stimme klang gepresst, als sie sagte: „Ich habe jetzt keine Zeit, ich muss die Kleinen aus dem Kindergarten holen und das Essen kochen."

Wie fremdgesteuert ging Petra zur Tür hinaus, durch das Wartezimmer, an der Anmeldung vorbei und verließ die Praxis. Erst auf dem Gehweg blieb sie stehen. Ein eisiger Luftzug umgab sie. Petra sah zum Himmel, die Sonne, die sie auf dem Weg zur Arztpraxis gewärmt hatte, war hinter aufgeblähten grauen Wolken verschwunden. Fröstelnd fuhr sie mit ihren Händen über die Arme. Petra spürte den kalten Schweiß, der sich auf ihre Haut gelegt hatte. Wo war ihre Jacke abgeblieben? Krampfhaft überlegte sie. Hatte sie die etwa bei Doktor Braun vergessen? „Und wo ist die …", Petras Blick fiel zu ihren Füßen und auf die Handtasche. Sie musste sie fallengelassen haben. Die Jacke war aus der Tasche geglitten und lag auf dem Gehsteig. Petra hob den Blazer auf, zog ihn über und schloss die Knöpfe. Dann nahm sie die Tasche und gedankenschwer schlug sie den Weg zum Kindergarten ein.

„Er ist also wieder da!" Nach mehr als drei Jahren. Er hatte sie damals um ein Jahr ihres Lebens betrogen. Mit der Brustoperation hatte der Kampf gegen einen

Feind, der nicht greifbar und dennoch real war, begonnen. Mit ihm kamen die Chemotherapie, die Bestrahlungen, die Depression und die Angst um ihre Ehe. Doch Petra kämpfte. Sie kämpfte gegen den Krebs. Sie kämpfte für ihre Zwillinge Carina und Jenny, die erst zwei Jahre alt waren, und sie kämpfte um ihren Mann Alex, der an ihrer Krankheit fast zerbrach. Ja, Petra kämpfte um ihr Leben, um alles, was sie hatte und liebte.

Am Ende siegte sie über den übermächtigen, brutalen Gegner. Sie überstand die auszehrende, zermürbende Therapie und erholte sich nach und nach. Sie entdeckte das Lachen in den Augen ihrer Kinder wieder und glaubte an eine Zukunft mit Alex. Petra hatte sich ihr Leben zurückgeholt.

Im vergangenen Jahr ging es Petra gut wie lange nicht mehr. Doch eines verfolgte sie, die Angst vor jeder Nachsorgeuntersuchung. Auch wenn von Test zu Test die Zuversicht wuchs und damit die Furcht ein Stück weit verdrängte, war sie doch da.

Schrilles Hupen riss Petra aus ihren Gedanken. Ein Mann stieß die Tür seines Wagens auf und sprang brüllend heraus: „Sind Sie blind oder lebensmüde? Passen Sie verdammt nochmal auf!"

Jetzt erst begriff Petra, was geschehen war. Fast wäre sie vor den ampelroten Audi gelaufen. Ihr war nicht einmal bewusst, dass sie die Straße betreten hatte. Der Audifahrer wartete vergeblich auf eine Erklärung, stieg kopfschüttelnd in sein Auto und fuhr davon.

Petra schwankte auf den Gehweg, sie hatte den Rest an Selbstwertgefühl endgültig verloren. An die Hauswand gelehnt, sank sie zu Boden. Petra blieb nicht allein, kurz darauf war sie von Passanten umringt. Einige tuschelten, andere starrten sie an.

Nein, nicht hier, nicht hier aufgeben, schoss es Petra durch den Kopf.

„Lassen Sie mich. Mir fehlt nichts, bitte lassen Sie mich gehen", stammelte Petra, stützte sich an der Hauswand ab und zwang sich auf die Beine.

Sie musste nur dreißig oder vierzig Meter durchstehen und eine Straße überqueren. Unentwegt sah sie auf den Gehweg und dann auf die Straße. Kein Auto; wirklich ganz sicher? Ja, kein Auto. Petra hetzte zur anderen Straßenseite. Endlich, sie hatte den kleinen Park erreicht, hier fühlte sie sich sicher und setzte sich auf eine Bank.

Ob sie je wieder die Kraft haben würde, aufzustehen?


Die Kirchturmuhr ließ Petra aufschrecken. Sie zählte die Glockenschläge. Es war schon zwölf Uhr. In spätestens einer halben Stunde musste sie die Zwillinge vom Kindergarten abholen. Minutenlang noch saß Petra regungslos auf der Bank, dann stand sie auf.

Sie hatte einen Entschluss gefasst, sie wollte stark sein. Weder ihre Kinder noch ihren Mann wollte sie belasten. Sie wollte einfach so weiterleben, zumindest vorübergehend.

Petra bog um die letzte Häuserecke, sah den grün-gelb angestrichenen Gartenzaun und hörte die Mittagskinder, die ausgelassen auf dem Rasen tollten. Gleich würden Carina und Jenny ihre Mama entdecken. Petra lächelte wie immer. Nein! Sie wollte lächeln wie immer. Sie brachte es nicht fertig. Ihr Gesicht war erstarrt, heiße Tränen brannten auf ihren Wangen. Unaufhörlich flossen sie aus ihren Augen. Nein, lächeln konnte sie nicht. Noch hatten sie Carina und Jenny nicht entdeckt, noch konnte sie ihnen entfliehen. Ein letzter kurzer Blick dorthin, wo ihre Kinder auf sie warteten, dann kehrte sie um und rannte davon. Jetzt, wo sie sich hilflos wie ein verlassenes Kind fühlte, fehlte ihr die Kraft, Carina und Jenny so wie jeden Tag in die Arme zu schließen.

Petra lief zurück zum Park und setzte sich auf dieselbe Bank, als ob es der vertrauteste Platz in ihrem Leben wäre. Sie zog das Handy aus der Tasche und rief im Kindergarten an. Der Erzieherin log sie vor, dass sie einen kurzfristigen Termin hätte und die Zwillinge erst am Nachmittag abholen könne. Petras zweiter Anruf erreichte die Taxizentrale, jetzt sehnte sie sich nach Hause.

Der Taxifahrer war schon auf dem Weg zur nächsten Tour, da fühlte Petra endlich ihren Schlüssel in der Handtasche. Sie schloss die Haustür auf und ging zur Treppe. Stufe um Stufe kam sie ihrem Ziel näher. Das Erste, was sie bewusst wahrnahm, war die Wohnungstür, die hinter ihr ins Schloss klappte. Nun war sie allein. Im Flur fiel sie hemmungslos auf die Knie und ließ ihren Gefühlen freien Lauf. Jetzt durfte sie schwach sein. Ja, sie war schwach. Dennoch schrie sie voller Wut immer und immer wieder: „Warum ich! Warum noch einmal ich! Warum tust du mir das an!" Tränen überfluteten ihre Augen. Mit zu Fäusten geballten Händen schlug sie auf die weißen Fliesen, bis sie erschöpft und vor Schmerz wimmernd auf den Boden sank.

Von Kälte fast erstarrt, erwachte Petra. Beklommen stand sie auf. Am Garderobenschrank angelehnt, sah sie sich dem Spiegel gegenüber. Sie hatte Angst. Angst vor ihrem größten Feind, dem Krebs, und Angst um ihre Familie. Am liebsten wollte sie das, was sie wusste, den Kindern und Alex verschweigen. Doch das wäre eine unverzeihliche Lüge auf Zeit. Nein, das war nicht richtig, sie musste mit ihrer Familie sprechen. Petra schaute in den Spiegel. Ihre Gedanken führten sie über die Vergangenheit in die Zukunft.

Dem Namen „Alexander" nach sollte Alex ein Beschützer, Berater und wehrhafter Mann sein. All das aber war er nicht. Das wurde ihr bewusst, als sie der Krebs zum ersten Mal herausforderte. Petra spürte, dass Alex mehr von Angst ergriffen war als sie und dass er darunter unendlich litt.

Er kümmerte sich rührend um die Zwillinge und meisterte nach der Arbeit den Haushalt. Aber er war unfähig, ihr Mut und Lebenskraft zu geben; seine Gefühle für sie bestanden aus Mitleid und Hoffnungslosigkeit.

Jetzt wird alles von vorn beginnen. Wird ihre Ehe das noch einmal überstehen? Was wird aus Carina und Jenny? Sie werden die Krankheit deutlich miterleben. Sie werden Fragen stellen, Ängste haben und müssen auf viele Dinge verzichten, die andere Kinder mit ihren Eltern erleben dürfen.

Petra sah sich noch immer im Spiegel und war zurück im Heute angekommen.

Als stünde sie ihrem Feind gegenüber, schrie Petra den Spiegel an: „Was willst du noch? Meine Brust genügt dir nicht?" Sie presste die Stirn gegen das Glas. Heißer Atem ließ ihr Spiegelbild hinter einem Nebelschleier unsichtbar werden.

„Gut, du sollst mehr bekommen. Doch mein Leben und meine Familie lasse ich mir nicht nehmen. Nicht von dir!"

Ein unsagbarer Hass breitete sich in Petra aus. Sie richtete sich auf und mit beiden Fäusten schlug sie auf den Spiegel ein, bis er zersprang. Petra fühlte keinen Schmerz.

Zum ersten Mal, seit sie am Vormittag die Arztpraxis verlassen hatte, konnte sie wieder frei atmen. Ihr Kampf hatte soeben begonnen, ohne Garantie auf einen Sieg, doch mit dem Ziel, welches „Leben" hieß.

Im Bad wusch Petra sich das Blut von den Händen und verband die Blessuren, die ihr der Feind im Spiegel zugefügt hatte. Danach rief sie Doktor Braun an. Es war ein eingehendes, besonnenes Gespräch.

Entschlossen ging Petra ins Schlafzimmer, um ihre Reisetasche zu packen. Sie wusste, was auf sie wartete, deshalb war es nicht viel, was sie hineinlegte.

Einige Minuten nach halb vier stellte Petra die Tasche im Flur ab und griff nochmals zum Telefon.

„Hallo Alex … Nein, es ist nichts passiert, ach, was rede ich! Es ist etwas passiert. Kannst du bitte Carina und Jenny mit nach Hause bringen? Sie sind noch im Kindergarten … Ja, ich war beim Arzt … Ja, aber … bitte Alex, lass uns dann darüber sprechen. Komm erst einmal mit den Mädchen heim, ich brauche euch jetzt."

Eine knappe Stunde danach saß die Familie am Wohnzimmertisch. Petra schwieg einige Minuten, um die passenden Worte zu finden. Die Worte, mit denen sie alles so aussprechen konnte, dass Carina und Jenny es verstanden und dennoch nicht unter einer beklemmenden Sorge um ihre Mama leiden mussten.

Petra sah in die fragenden Augen ihrer Kinder und in die von Alex. In seinen Augen erkannte sie pure Angst. In die grausame Stille hinein begann sie über den Arztbesuch zu erzählen. Sie erzählte von der Krankheit, die zurückgekommen war. „So, wie wenn man sich ganz toll versteckt und doch gefunden wird", beschrieb sie es Carina und Jenny. Sie erklärte ihnen auch, dass sich die Krankheit nun in ihrem

Bauch versteckt hatte und sie deshalb in die Klinik gehen musste, um sie wieder zu vertreiben. Dann lächelte Petra. Jetzt brachte sie es fertig, weil sie die, die sie liebte, um sich hatte, und sagte ihnen: „Bitte helft mir, nur mit euch gemeinsam will und kann ich gegen meinen größten Feind, den Krebs, kämpfen."

# Der letzte Zug

Fast geräuschlos glitt der letzte Nachtzug aus der Halle. Der Bahnsteig war leer, bis auf einen einzelnen Mann. Er hatte eine Zigarette angezündet und starrte dem Zug hinterher, dessen rote Schlusslichter in die Dunkelheit tauchten.

„Verdammt! Komme ich nie weg aus diesem Kaff?" Nervös zog er an der Kippe. Er strich sich mit der Hand über das unrasierte Gesicht und versteckte das angegraute, lange Haar unter der Kapuze seiner braunen, speckigen Kutte: „Lebe wohl, Freiheit!", rief er der davonfahrenden Bahn nach.

Er wusste, er bedeutete niemandem etwas. Dass er Bernd Heckel hieß und wie es ihm ging, interessierte keinen mehr. Mit gesenktem Kopf dachte er an den misslungenen Plan. Er hatte im Zug mitfahren, sich in der Toilette verstecken und alles tun wollen, um dem Schaffner nicht zu begegnen. Doch dieser entdeckte ihn, bevor er die Zuflucht erreicht hatte. Aufgebracht schrie er: „Hast du überhaupt eine Fahrkarte? Bleib stehen Penner, ich habe dich was gefragt!" Ein fester Griff umklammerte seinen Oberarm.

„Nein, Entschuldigung, ich möchte ja nur ..."

„Du hast nichts zu möchten, scher dich aus *meiner* Bahn!", fauchte der uniformierte Halbgott und drängte ihn zur Tür. Die verächtlichen Blicke der Fahrgäste trafen Bernd wie Faustschläge. Ein Herr im dunklen Anzug mischte sich ein: „Du stinkst wie ein Mülleimer! Wasch dich, zieh dir saubere Kleidung an und dann versuch's mal mit Arbeit!" Wortlos hatte Bernd den Mann gemustert, sich umgedreht und widerstandslos den Zug verlassen.

„Das war's", brummte Bernd, warf den olivgrünen Rucksack über die Schulter und schlurfte durch das Bahnhofsgebäude hinaus auf die menschenleere Straße.

An der Kreuzung beim Supermarkt schlug er den Weg zum Stadtpark ein. Er dachte an den Schnösel aus dem Zug. Der ist nicht älter als ich. Der kann bestimmt leicht von seinem Beamtensold leben. Was hatte der geleckte Affe gesagt? „Versuch's mal mit Arbeit!"

Vor einer kleinen Ewigkeit sprach keiner so zu ihm, jeder respektierte ihn. Regelmäßig erschienen in der Tageszeitung Artikel und Fotos von ihm und seiner Schreinerei, in der er anderen Menschen einen Arbeitsplatz gab. Bernd hatte einen Beruf, genügend Geld, Anita, seine Frau, und Kevin, seinen Sohn. Sie wohnten in einem Einfamilienhaus, in der Garage parkten zwei Autos und im Urlaub fuhren sie ans Meer oder in die Berge. Er hatte ein glückliches Leben. Im Bewusstsein, was aus all dem geworden war, lief Bernd ein eiskalter Schauer über den Rücken.

Vor fast vier Jahren sorgten hohe Außenstände und Lieferantenforderungen in der Firma für Probleme. Die Bank saß Bernd im Nacken, er brauchte Geld. Im

Internet stieß er auf ein Angebot: Schnelles Kapital – kein Risiko! Er griff nach dem vermeintlichen Strohhalm, der ihn ein Jahr später die Existenz kostete. Haus, Autos und Schreinerei wurden zwangsversteigert.

Bernd stand mit Anita und Kevin vor dem Nichts. Außer einem Schuldenberg und der Gewissensqual, versagt zu haben, war ihm kaum das Mindeste geblieben.

Es waren nicht nur die Dreizimmerwohnung im Altbau und die verzweifelte Arbeitssuche, die Bernd nachts um den Schlaf brachten. Unerträglicher peinigte ihn Anitas unnahbarer Blick. Von Woche zu Woche lag mehr Unzufriedenheit und Verachtung in ihren Augen. Unfähig, für seine Familie einen Weg in die Zukunft zu finden, versteckte sich Bernd hinter einer Hilflosigkeit, die er bisher nicht gekannt hatte. Machtlos sah er dem Ende seiner Ehe entgegen, bis ihn Anita nach nur einem halben Jahr verließ. Sie hatte in ihrem Chef eine neue Liebe gefunden und zog mit Kevin in sein Haus. Obwohl er es geahnt hatte, versetzte es Bernd einen Stich ins Herz. Er hätte alles aufgeben können, seinen Sohn niemals. Um ihn wollte er kämpfen.

Bernd suchte sich eine winzige Wohnung, sagte jede Aushilfsarbeit zu und erstritt das Besuchsrecht für Kevin. Es fiel ihm schwer, täglich seine Selbstachtung zu verteidigen, allein die Wochenendbesuche Kevins gaben Bernd Kraft. Dann endlich, bekam er eine Festanstellung als Bauhelfer. Ab diesem Tag glaubte er wieder an sich und das Leben. Er hatte eine geregelte Arbeit, verdiente Geld, zahlte seine Schulden ab und sparte für die Sonntage mit seinem Sohn. Viel konnte er ihm nicht bieten, doch Bernd war zuversichtlich. Kevin würde das verstehen. Sie waren Vater und Sohn, sie gehörten zusammen.

Am Sonntag nach Kevins achtem Geburtstag sollte sich alles ändern.

Zuerst gingen sie ins Kino, später saßen sie im Eiscafé. Feierlich stellte Bernd den CD-Player auf den

Tisch, schaltete ihn an und Kevins Lieblingsband sang sein Lieblingslied. Bernd konnte Kevins Begeisterung kaum erwarten und rief: „Das ist das neueste Modell, das es auf dem Markt gibt. Das hast du dir doch immer gewünscht. Eine CD ist auch dabei." Der Jubelschrei, von dem er nächtelang geträumt hatte, blieb aus. Mit unsicherer Stimme fragte er: „Kevin, freust du dich nicht?"

„Na ja, genau dasselbe Radio haben mir Heiner und Mama zu Ostern geschenkt. Die CD habe ich auch schon."

Bernd war aller Illusionen beraubt. Anmerken ließ er es sich nicht und sagte schnell: „Dann tauschen wir das Radio und die CD um. Wir gehen ins Kaufhaus und du bekommst etwas anderes. Wenn du willst, können wir gleich los." Abwartend beobachtete er Kevin, doch der wich seinem Blick aus. Mochte oder konnte er ihm nicht in die Augen schauen? Er sah an seinem Vater vorbei auf die Straße und erzählte: „Eigentlich brauche ich gar nichts von dir. Die Mama hat gesagt, dass du sowieso nie Geld hast. Der Heiner hat mir sogar einen Tag nach meinem Geburtstag noch ein Mountainbike geschenkt, obwohl ich längst ein Modellflugzeug von ihm und Mama bekommen hatte."

Die wachsende Begeisterung in Kevins Stimme konnte Bernd nicht überhören. Er wollte ihm die Freude nicht verderben, sein Glück war das Wichtigste. Fast unhörbar raunte er: „Geld habe ich wirklich wenig, aber ich bin dein Papa und liebe dich wie niemanden sonst auf der Welt."

Zum ersten Mal, seit sie sich unterhielten, sah Kevin seinen Vater an. Nur kurz, einen Moment lang, dann sagte er das, was wohl jedem Vater das Herz gebrochen hätte.

„Heiner ist bestimmt ein besserer Papa für mich. Der unternimmt viel mehr mit mir, wir fahren oft in den Urlaub und im Sommer sogar vier Wochen nach Italien. Außerdem will ich auch am Wochenende lieber mit Heiner auf den Tennisplatz. Ich weiß nicht genau, wann ich wieder Zeit für dich habe."

Eine Stunde später lief Bernd mit dem CD-Player unter dem Arm nach Hause und hatte erstmals eine Flasche Weinbrand dabei. Hatte er Kevin verloren? Nein, noch wollte er auf keinen Fall aufgeben. Es dauerte drei Tage, dann ging er zum Jugendamt und schrieb den ersten Brief an seine Exfrau. Anita bekam jede Woche einen Bittbrief und sein Sohn eine bunte Postkarte. Innerhalb von vier Monaten sah er Kevin an zwei Sonntagen. Wochen darauf, beim dritten Besuch, war er ihm so fremd geworden, dass er die wöchentlichen Karten noch beschrieb, aber nicht mehr zur Post brachte. Bernd gab seine Würde auf. Zuerst waren es lediglich die Wochenenden, die niemals wieder ihm und Kevin gehörten, an denen er trank. Doch schon bald wurden die Wochenenden zu seinem Alltag und der Alltag zum Wochenende. Bernds Tage bestanden aus trauern, trinken, vergessen, schlafen und von Neuem trauern und trinken, bis er vergessen konnte.

Er verlor den Job, danach endgültig das Besuchsrecht für Kevin und am Ende seine Wohnung. Der Rest, der ihm blieb, passte in einen olivgrünen Rucksack, der ihn quälend an sorgenfreie Urlaubstage in den Alpen erinnerte.

Bernd begann ein Leben auf der Straße, schlief im Park oder in der Tiefgarage. Manchmal ging er ins Obdachlosenheim. Dort gab es eine warme Mahlzeit, eine Dusche, ein Bett und Sachen aus der Kleidersammlung. Anfangs schämte er sich, doch dieses Empfinden verschwand wie die Hoffnung auf eine letzte Chance.

Bald lebte Bernd nur noch für das Eine: schnorren, um zu saufen, saufen, um zu vergessen. Vierundzwanzig Stunden glichen den nächsten vierundzwanzig Stunden, bis auf gestern.

Er saß vorm Supermarkt und bettelte um Essen und Geld, als wieder einmal eine Schar Jungen und Mädchen den Fußweg entlang schlenderte. Kinder erinnerten ihn unweigerlich an seinen Sohn. Er konnte niemals den Blick von ihnen lassen und immer schaute er ihnen verstohlen hinterher.

Doch an diesem Tag wurde die Erinnerung zur Wirklichkeit.

Schockiert blickte Bernd in die Augen, die er unter tausenden von Augenpaaren erkennen würde. Wie versteinert stand sein Sohn vor ihm.

„He …, Kevin", stammelte Bernd und suchte verzweifelt nach den passenden Worten. Da hörte er einen Jungen rufen: „Ist der da etwa dein Vater?"

Bernd sah Panik und Scham in Kevins Augen. Nein, er durfte ihn nicht vor den Kindern bloßstellen. Schmerzhaft zog sich seine Brust zusammen. Ein letzter flehender Blick zu seinem Sohn, dann brüllte er:

„Ich bin weder der Vater von dem da noch von irgendeinem anderen Balg. Macht, dass ihr Rotznasen weiterkommt!"

Bernd wusste, es war das Beste für Kevin. Ihm aber zerriss es seine Seele. Geist und Körper sträubten sich, doch mit eiserner Kraft sprang Bernd auf. Wie ein Verbrecher rannte er vor seinem Sohn davon. Erst im Park blieb er stehen. Erschöpft sank er auf eine Bank und Tränen flossen über sein Gesicht. Auch wenn er es nicht ertragen konnte, er musste Kevin schützen.

„Nie wieder darf er mich so sehen, ich muss hier weg, weit weg!", murmelte er. Er holte die halbleere Flasche Fusel aus dem Rucksack. Noch bevor der letzte Tropfen in seiner Kehle brannte, hatte Bernd eine Entscheidung getroffen. Er wollte sich nach Norden durchschlagen, auf ein Schiff gelangen und in ein neues Leben fliehen. Irgendwohin, wo ihn keiner kannte. Vielleicht würde er doch noch eine zweite

Chance bekommen. Sowieso war es besser, dort bettelnd auf der Straße zu leben, als hier.

Mit diesen Gedanken hatte sich Bernd in den Zug geschlichen.

Nun war er wieder im Park angekommen. Er lachte bitter und rief in die Dunkelheit: „Ich komme nicht einmal aus diesem verfluchten Ort heraus, wie konnte ich so blöd sein, an einen Neuanfang zu glauben?"

Nein, auf ihn wartete kein Neubeginn mehr. Er hatte einen Stempel auf der Stirn, seine Zukunft war besiegelt.

Im Park gab es einen, der mit billigem Fusel, Kippen und Drogen dealte. Bernd ging zu ihm und besorgte eine Flasche Klaren und Tabak. Es kostete sein Taschenmesser und das wenige Geld, das er besaß.

Bernd suchte sich eine windgeschützte Parkbank, brannte eine Zigarette an, nahm einen Schluck aus der Flasche und wieder zog sein Leben an ihm vorbei. Nach einer knappen Stunde und gefühlten dreißig Jahren verließ Bernd mit der Flasche in der Hand und dem olivgrünen Rucksack über der Schulter den Park. Der Weg führte ihn stadtauswärts. Entlang den Gleisen, zum Gewerbegebiet. Dorthin, wo er einst ein geachteter Mann gewesen war, zur ehemaligen Schreinerei Heckel. In die Stille der Nacht hinein sang er.

*„Ich war noch niemals in New York, ich war noch niemals auf Hawaii, ging nie durch San Francisco in zerrissenen Jeans. Ich war noch niemals in New York, ich war noch niemals richtig frei, einmal verrückt sein und aus allen Zwängen flieh'n."*

Bernd würde niemals New York, Hawaii oder San Francisco sehen. So wie er niemals wieder der Bernd Heckel sein durfte, der er einmal gewesen war, und niemals wieder konnte er ein geliebter Vater für seinen Sohn sein.

Doch eines konnte er, Kevin bis zum Ende lieben und ein einziges Mal aus allen Zwängen fliehen.

Ja, Bernd floh aus seinen Zwängen und bekam, wenn auch als Namenloser, noch einmal Beachtung. Ein letztes Mal durfte jeder über ihn in der Tageszeitung lesen.


**XXXXX. Unbekannter Mann von Zug überfahren.**

**Unweit des Gewerbegebietes ist am frühen Dienstagmorgen ein Mann von einem Güterzug erfasst und getötet worden. Die Polizei geht von einem Suizid aus. Die Identität des Mannes, der einen olivgrünen Wanderrucksack bei sich trug, konnte bisher nicht festgestellt werden. Allerdings scheint es sich um einen Obdachlosen zu handeln. Die Bahnstrecke war für mehrere Stunden gesperrt. (stf)**

# Einsame Entscheidung

„Herr Doktor Peters, ich habe es Ihnen doch erklärt. Ich bin mir sicher und habe mich entschieden. Ja, ich werde pünktlich sein."

Ich drückte die „Beenden-Taste", setzte mich an den Wohnzimmertisch und goss Milch in meinen tiefschwarzen Kaffee. Ich schwenkte den Löffel, bis ein sattes, cremiges Braun zum Vorschein kam.

Alles war wie immer und sollte so bleiben. Es war besser so. Stefan hatte Recht, wir waren jung, was würde aus unseren Träumen werden, wenn ich das Kind bekam? Obwohl …, waren wir nicht lange genug zusammen, um Verantwortung zu übernehmen?

„Nein! Es ist, was es ist – nur ein bedauerlicher Unfall." Ich rührte noch immer im Kaffee, legte den Löffel zur Seite und hob die Tasse zum Mund. Ich trank einen kleinen Schluck, noch einen und noch einen.

Der Kaffee war heiß, süß und milchig, wie ich ihn gerne mochte.

Das Läuten des Telefons vertrieb die beklemmende Stille. Stefans Anruf war zu erwarten. Er kam ohne Umschweife auf den Punkt.

„Hi Manu, hast du beim Arzt angerufen?"

„Ja, es ist alles geklärt, morgen früh um neun …"

„Na also, ich wusste, dass du vernünftig wirst. Es ist mir jetzt noch unbegreiflich, dass du überhaupt überlegen musstest. Was hast du denn deinem Chef gesagt?"

„Dass ich kurzfristig Urlaub brauche, weil meine Mutter krank ist und ich für ein paar Tage zu ihr fahre."

„Ah, das ist gut. Ich bin stolz auf dich, also bis heute Abend."

Schon hörte ich den monotonen, penetranten Ton des Freizeichens. War wirklich alles gut, durfte auch ich stolz auf diese Entscheidung sein? Egal, es würde weitergehen wie bisher. Wir würden Geld verdienen, Zeit mit unseren Freunden verbringen und uns im Sommer drei Wochen auf Ibiza in der Sonne aalen. Neben all dem konnte ich ohne Stress für mein Tierarztstudium pauken. Es klang so einfach. Ein „kleines Missgeschick" wurde zur Lüge.

Meine Finger glitten über den Tassenrand. „Keiner wird je von dem Kind erfahren, nur ich werde es ein Leben lang nicht vergessen können. Und Stefan? Wie lange wird es ihn beschäftigen?" Ein Kind war für Stefan nie ein Thema. Das hatte er erst vor wenigen Stunden, bevor er in die Firma fuhr, geschworen. Glücklich, nur mit mir? „Doch was ist eigentlich Glück?" Mir wurde unangenehm heiß. Das Wohnzimmer kam mir muffig und eng vor. Ich stürzte zum Fenster und riss es auf. Kühle Morgenluft, mit Sonnenstrahlen gepaart, die mir das fette Grün der Auenwiesen hinterm Haus in seidigem Glanz zeigten, begrüßte mich. Ich atmete tief, doch die Wände kesselten mich ein, als wollten sie mich erdrücken. Am liebsten wäre ich gesprungen. In die Unendlichkeit, in die Freiheit.

Ich musste raus. Abrupt kehrte ich dem Fenster den Rücken. Ich ließ den Kaffee stehen, zog Jacke und Schuhe über und rannte vor der Beklemmung, die mich lebendig begraben wollte, davon.

Die Haustür fiel hinter mir zu. Endlich konnte ich durchatmen, schaute für einen Moment in den grenzenlosen Himmel und lief los. Mein Weg führte mich an den Fluss zu unserer Bank vor dem Tannenwäldchen. Hier hatte mich Stefan zum ersten Mal geküsst. Hier hatten wir uns zum ersten Mal geliebt und uns auch zum ersten Mal auf dieser Bank gestritten und versöhnt. Genau hier hatte unser gemeinsames Leben vor fast zwei Jahren begonnen.

Ich setzte mich auf den vertrauten Platz, lehnte mich schwermütig zurück und schloss vor der blendenden

Morgensonne die Augen. Es sollte ewig so bleiben, nur ich und die unendliche Stille.

Doch bald klang von dort, wo der Waldbach in den Fluss mündet, Kindergeschrei herüber. „Jetzt lassen sie wieder Schiffe aus Baumrinde im Bach schwimmen", fiel es mir ein. „Der, dessen Schiff die Mündung in den Fluss über die Stromschnellen schafft, gewinnt den Wettkampf." Ich hatte den Knirpsen oft zugeschaut. Ihr Spiel gefiel mir, weil es mich an meine eigenen, glücklichen Kindertage erinnerte. Doch heute interessierte das alles nicht. Ich wollte die Kinder nicht sehen; hören schon gar nicht. Ich dachte an den morgigen Tag und an das, was nach dem Morgen kommen würde. Die Ellenbogen auf die Knie gestützt, hielt ich mir die Ohren zu.

Es nützte nichts. Das Krakeelen der Knirpse ließ mir keine Ruhe. Irgendetwas war anders als sonst. Ich hob die Hand wie ein schützendes Sonnensegel über die Augen und schaute hinüber zum Waldbach. Statt der üblichen Kinderschar sah ich nur einen kleinen

Jungen und ein noch kleineres Mädchen. Es waren Mario und Astrid, sie waren Geschwister, ich kannte sie aus der Nachbarschaft. Es trieben auch keine Schiffe im Wasser, sondern ein weißes Bündel. Die beiden Kinder sausten panisch am Bachufer entlang. Mario versuchte krampfhaft, das Päckchen mit einem Stecken zu erhaschen, und seine Schwester, höchstens vier Jahre alt, riss ihre Ärmchen in die Höhe und schrie ihren Bruder aufgewühlt an.

Was hatten sie da bloß im Bach entdeckt? Ich sprang auf, lief ihnen entgegen und rief: „Geht vom Wasser weg, der Bach ist gefährlich!"

„Bitte hilf uns, sonst sterben sie", hörte ich den Steppke betteln. Dass die beiden niemanden zum Spielen suchten, hatte ich längst begriffen, die Luft roch förmlich nach Unheil. Kaum hatte ich den Bach erreicht, fasste mich Astrid bei der Hand und zeigte auf das Bündel.

„Tante horch, da ist was drinnen."

Ein jämmerliches Winseln drang herüber. Als Tierarzthelferin kannte ich mich aus, das konnten nur Katzenbabys sein. Sie trieben bedrohlich zur Flussmündung. Dorthin, wo sonst die Holzschiffchen auf ihrer Reise zum Fluss die Stromschnellen bezwangen oder für immer im Sog der Strömung verschwanden. Ich riss dem Jungen den Stock aus der Hand und wenig später stand ich bis über die Knie im morastigen Schilfdickicht. Meter um Meter kämpfte ich mich durch den frostig kalten Waldbach. Im letzten Moment gelang es mir, das Bündel mit dem Stecken aufzuhalten. Ich schleuste es zu mir und zog es ans Ufer. Die Kätzchen schrien erbärmlich. Hastig löste ich die Schnur, drei patschnasse, schwarze Fellknäulchen kamen zum Vorschein. Eines lag regungslos da. Ich nahm es in die Hand, massierte sanft den Brustkorb, legte meine Lippen über das Näschen und beatmete das winzige Wesen. Ich weiß nicht, wie oft und wie lange ich dies tat, bis ich einsehen musste, dass es zu spät war. Sein Herz hatte für immer aufgehört zu schlagen.

Ich werde Marios aufgerissene Augen nie vergessen, als er bekümmert fragte: „Ist es tot?"

„Ja Mario, das Kätzchen hat es nicht geschafft." Ich sah in die bestürzten, unendlich traurigen Gesichter der Kinder. Ich spürte das tote Kätzchen in der Hand und vernahm eine Stimme tief in mir. Klein und hilflos klang sie. Es war, als hörte ich mein ungeborenes Kind weinen.


Ich fühlte mich klar, wie lange nicht mehr. Was war ich im Begriff zu tun? Ich war Tierarzthelferin und rettete Leben. Niemals könnte ich ohne Grund ein Tier töten. Welchen Grund gab es, mein eigenes Fleisch und Blut umzubringen?

Keinen!

Ich legte das Kätzchen auf den Stoffbeutel neben die zwei anderen, die erschöpft im Gras kauerten.

„Wir bringen die beiden schleunigst zum Tierarzt, ich hoffe, sie haben eine Chance."

„Und wo kommen die Katzen dann hin?", fragte Mario.

„Erst einmal müssen sie aufgezogen werden. Sie haben ja keine Mama mehr, und wenn sie das überleben, brauchen sie bald ein Zuhause."

Astrid rief: „Wir können sie nehmen!"

Verdutzt sah Mario seine Schwester an.

„Das geht nicht, wir haben schon zwei Hunde! Hast du das vergessen, Astrid?"

„Jetzt bringen wir sie erst einmal hier weg, es gibt für alles eine Lösung", beruhigte ich die beiden und ahnte in diesem Moment, bei wem die Tierchen ein Heim finden würden.

Ich zog meine Jacke aus, die zum Glück nicht völlig durchnässt war, und legte die Kätzchen hinein.


In einem Arm trug ich Leben, im anderen den Tod. So ging ich zusammen mit Mario und Astrid zu meinem Chef Doktor Leisig.

„Was machen Sie hier, wollten Sie nicht zu Ihrer Mutter? Wieso sind Sie eigentlich nass bis auf die Haut?"

„Warum ich aussehe, als hätte ich ein Bad genommen, verrate ich gleich. Das andere ist eine lange Geschichte, die erkläre ich Ihnen morgen", stammelte ich und setzte die Katzenbabys behutsam auf den Behandlungstisch.

„Ist Ihre Mutter denn schon wieder gesund?"

„Ehrlich gesagt war sie nie krank. Doch bitte Herr Leisig, geben Sie mir Zeit bis morgen."

Zum ersten Mal seit drei Tagen erkannte ich mich selbst und hörte meine eigenen Worte, obwohl ich mich zugegeben maßlos wegen der Lüge vor meinem Chef schämte.

Zum Glück riss den Kindern im passendsten Moment der Geduldsfaden. Ungezügelt unterbrachen sie unser Gespräch, und erzählten ausschweifend, wie sie die Kätzchen im Waldbach entdeckt hatten und dass ich sie glücklicherweise bis auf eines retten konnte.

Gespannt verfolgte Doktor Leisig die Erzählung der beiden. Für Lebensretter hatte er viel übrig. Deshalb bekamen die Geschwister neben einem dicken Lob eine große Tüte Kauknochen für ihre Hunde geschenkt.

Die Kätzchen fühlten sich nach der Erstversorgung und ihrer ersten Milchmahlzeit recht wohl. Mein Chef stattete mich mit Medikamenten, Milchpulver, Fläschchen, sogar einem Körbchen und einer Tragebox aus. Von nun an war ich eine Katzenmama.

Doktor Leisig verabschiedete uns, ich brachte Mario und Astrid heim zu ihren Eltern und ging mit den Katzenbabys zu mir nach Hause.

Vor der Wohnungstür dachte ich an meinen panischen Aufbruch am Morgen, doch kaum hatte ich sie aufgeschlossen, lud mich ein Duft nach Geborgenheit und Leben ein. Die Wände hatten wieder ihren alten Platz eingenommen. Genauer betrachtet kam mir das Wohnzimmer größer vor. Hier würden wir alle zu Hause sein. Mein Kind, zwei Katzen, ich ... und?

Ich stellte das Körbchen neben die Heizung an das Sofa, staffierte es mit flauschigen Frotteetüchern aus und legte die Kätzchen hinein. Sie schmiegten sich aneinander und kuschelten verschmust. Ich brachte es nicht fertig, sie aus den Augen zu lassen, als ich zum Telefon ging und 853249 wählte.

„Guten Tag, hier ist Manuela Grode ... Nein, mir geht es gut und ja, es hat sich etwas ereignet. Ich möchte den Termin für morgen absagen. Ich werde mein Kind bekommen."

Doktor Peters klang erleichtert, gab mir jede Menge Zuspruch und einen Termin zur Vorsorgeuntersuchung. Innerlich befreit legte ich den Hörer auf. Ich schloss das Fenster und stellte den kalten Morgenkaffee in die Küche. Dort rührte ich die nächste Milchmahlzeit für die Kätzchen an und kochte mir einen

Tee. Ich trank ihn, wie ich ihn mochte, heiß und süß. Dabei beobachtete ich meine jüngsten Mitbewohner, die noch immer friedlich schlummerten. „Was wird Stefan zu ihnen sagen? Was wird er zu meinem endgültigen Entschluss, den ich heute ohne ihn getroffen habe, sagen?"

Dieses Gespräch stand noch bis zum Abend aus.

Stefan akzeptierte meine einsame Entscheidung nicht. Er ging für immer.

In den darauffolgenden Tagen weinte ich um eine verlorene Liebe. Ich weinte über Väter, die keine sein wollten, über Mädchen, die zu Müttern wurden und um Babys, die nicht leben sollten.

Dank Doktor Leisig, der mir eine Festanstellung gab und mich verpflichtete, mein Studium im Auge zu behalten, aber nicht zuletzt wegen meiner Pfleglinge Max und Moritz, blieb mir keine Zeit für zu viele Tränen.

Max und Moritz gingen mit mir zur Arbeit und wieder nach Hause. Ich pflegte sie rund um die Uhr, fütterte und erzog sie. So oft wie möglich spielte ich mit ihnen. Die Kätzchen taten mir gut.

Wochen und Monate vergingen, und als die beiden zu stattlichen Katern herangewachsen waren, wurde meine Tochter Marie geboren. Ich hielt sie im Arm und wusste, ich würde es nie bereuen, dass ich mich für sie entschieden hatte. Was das Leben mir noch bringen würde, wusste ich nicht, doch ich war dafür bereit.

Ich hatte mein Kind weinen gehört, bevor es das Licht der Welt erblicken durfte. Eine Stimme, ein Hilferuf meiner Seele. Das war mein größter Schmerz, den ich ohne Verzicht auf eine Liebe mein Leben lang hätte ertragen müssen.

# Verkehrte Welt

Gestern noch hatte sich Sibille riesig auf den Urlaub gefreut. Vor zwei Stunden, hoch über den Wolken, beschlich sie dann ein mulmiges Gefühl und sie versank in tiefsinnigen Gedanken.

War es richtig gewesen, Mutter nichts zu sagen? Sie hatte ihre überstürzten Aktionen nie gemocht. Aber Sibille war nun einmal nicht wie ihr Bruder Rico. Er sprach alles mit Mutter ab, die beiden verstanden sich prächtig. Rico verkörperte für sie den untadeligen Sohn, Sibille eher die Tochter ihres Vaters. Erst nach seinem Tod wurde ihr bewusst, wie einsam sie in ihrer Familie war. Selbst ihr Umzug nach Spanien schien niemanden wirklich zu interessieren. Warum sonst wollte sie nicht einmal ihre Mutter in ihrem neuen Leben besuchen?

In den Augen ihrer Mutter war Sibille mindestens genauso unzugänglich und sturköpfig wie ihr Vater. Dazu kam, dass sie sich den verkehrten Mann ausgesucht hatte, ständig verheerende Entscheidungen fällte und ihr Leben vermutlich nie im Griff hatte. Da konnte es leicht passieren, dass sich eine Mutter für ihre Tochter schämte. Bei Rico war das nicht so. Seinetwegen musste sich keiner schämen. Im Gegenteil, er verdiente aufrichtiges Mitgefühl, denn ihn traf ein Schicksalsschlag nach dem anderen. Das hatte selbst Sibille lange schon eingesehen.

Nein, sie beneidete ihren Bruder keineswegs, dass er das bessere Verhältnis zur Mutter hatte. Obwohl er es sich bestimmt niemals vorstellen konnte, dachte seine Schwester oft an ihn. Doch wer erwartete das von einem schwarzen Schaf der Familie? Rico und seine Mutter garantiert nicht.

Und was eigentlich erwartete Sibille in ihrem alten Zuhause?

Das Flugzeug war gelandet. Zum ersten Mal nach vier Jahren stand Sibille wieder auf deutschem Boden. Im Pulk der ankommenden Fluggäste fand sie zur Gepäckausgabe, entdeckte ihren Koffer, zog ihn vom Band und lief erleichtert zum Ausgang.

Es goss in Strömen. Unschlüssig suchte Sibille unter dem Vordach des Flughafengebäudes Schutz. In diesem Moment fuhr ein Taxi vor. Sibille nutzte die Chance, sprintete ihm entgegen und riss die Wagentür auf.

„Sind Sie frei?"

„Sicher doch, schöne Frau."

Sibille atmete auf und rettete sich ins Trockene. Diensteifrig sprang der Taxifahrer aus dem Wagen und verstaute das Gepäck im Kofferraum. Nachdem er wieder eingestiegen war, fragte er mit einem warmen Lächeln: „Wohin soll`s denn gehen?"

„Zum Bahnhof bitte."

Der Fahrer setzte das Auto in Bewegung und Sibille drehte sich in Richtung Seitenfenster. Sie wollte viel von der Stadt, die sie so lange nicht gesehen hatte, erhaschen. Doch die Gedanken führten sie wieder zu ihrer Mutter. Was würde sie wohl sagen, wenn sie vor ihr stand und: *„Überraschung!"*, rief? „Bestimmt fällt sie aus allen Wolken. Schlimmstenfalls ist sie gar nicht zu Hause." Diese und noch unzählige andere Möglichkeiten schwirrten ihr durch den Kopf, bis das Taxi auf dem Parkplatz am Bahnhof anhielt.

„Ziel erreicht und für 8,90 Euro dürfen Sie mich glücklich machen", witzelte der Fahrer.

Er bekam zwölf, Sibille war überzeugt, die hatte er sich aufrichtig verdient.

Keine zwei Minuten später marschierte sie mit Koffer und Handtasche beladen ins Bahnhofsgebäude. Die Luft roch feucht und stickig. Menschen, die nur Augen für die Bodenfliesen zu haben schienen, drängten rastlos an ihr vorüber. Auf dem Weg zum Kartenschalter fielen Sibille die Telefonzellen auf. Was, wenn ihre Mutter wirklich nicht zu Hause war? Zielstrebig eilte sie zur ersten Zelle, zog die Tür auf, schob den Koffer hinein, fingerte in der Handtasche nach der Geldbörse und … stöhnte. Sie stand vor einem Kartentelefon. Woher sollte Sibille eine deutsche Telefonkarte haben? Also alles auf Anfang. Tür auf, Koffer raus und an das nächste Telefon. Beim vierten wurde sie endlich fündig. Es war ein Münzfernsprecher, allerdings besetzt. Sibille nahm den jungen Mann, der lässig an der Zellenwand lehnte, genauer unter die Lupe. „Einer in Anzug und Krawatte", war ihr erster Eindruck. Der zweite: „Das wird dauern."

„Dann eben nicht", murmelte sie und wollte hinüber zum Schalter gehen, als sie die durch die Glasscheibe gedämpften Worte des Schlipsträgers aufhorchen ließen.

„Von wo aus ich anrufe? Na, aus Spanien, ich genieße meinen wohlverdienten Urlaub … Nein, ich bleibe ganze drei Wochen."

Was erzählte der da? Interessiert blieb Sibille stehen, trat zwei Schritte vor und spitzte die Ohren.

… „Palmen? Jede Menge und der Strand, einfach traumhaft. Es würde dir hier gefallen … Na klar habe ich schon eine Bootsfahrt gemacht, sogar bei Mondschein."

Wurde hier „verkehrte Welt" gespielt? „Wen wird der wohl verarschen?", rätselte Sibille.

„Du, entschuldige, wir müssen langsam Schluss machen. Mein Surfkurs beginnt in fünf Minuten … Ja, schade, dass du mich nicht sehen kannst, ich stehe im Surfanzug, das Brett unter dem Arm, in der Telefonkabine … I wo, ich würde doch niemals so durch den Ort laufen. Das Telefon ist gleich vor meiner Pension und nur zehn Meter vom Strand entfernt, den kannst du ja leider auch nicht sehen. So, jetzt muss ich aber … Na klar, mach ich, bis bald."

Ohne Surfbrett, allerdings mit einem Schirm unter dem Arm kam der Lügenbold aus der Telefonzelle.

Sibille griente ihm entgegen und säuselte: „Buenos días Señor." Den Spaß wollte sie sich nicht entgehen lassen und amüsierte sich über seinen verdutzten Blick. Sie rief ihm noch ein betontes „Adios" zu, schob den Koffer vor sich her in die Zelle, schloss die Tür, warf eine Münze ein und wählte.

Gespannt lauschte sie dem Rufton. Es knackte kurz in der Leitung und sie erkannte die Stimme ihrer Mutter.

„Hallo?"

„Hallo Mutti, hier ist Sibille."

„Ach du bist es … ich dachte schon, es ist etwas mit Rico passiert. Er ist nämlich unterwegs, um Heike und Carsten bei Diana abzuholen."

„Nein, ich bin es bloß. Du weißt doch, wir haben in drei Tagen Klassentreffen, da dachte ich …"

„Jetzt sag nicht, du willst bei mir übernachten. Das geht auf keinen Fall. Seit sich Diana von Rico getrennt hat, wohnt er bei mir und diese Woche ist endlich wieder ein langes Besuchswochenende. Da schlafen die Kleinen auch hier."

„Aber Mutti, das macht doch …"

„Du könntest höchstens mal zum Kaffee vorbeikommen, aber ruf vorher an. Das musst du verstehen, deinem Bruder geht es wirklich schlecht. Er leidet wahnsinnig unter der Trennung. Und ehrlich gesagt, ich glaube kaum, dass ihn dein Besuch aufheitert."

Um Sibille drehte sich alles. Sie hätte es wissen müssen. Nichts hatte sich geändert. Was sollte sie jetzt tun? Keinesfalls durfte ihre Mutter erfahren, dass sie schon fast vor ihrer Tür stand.

Zum Glück fiel ihr der junge Mann ein, den sie am Telefon belauscht hatte – lügen konnte sie schließlich auch. Viel Zeit, ein perfektes Märchen zu erfinden, blieb ihr nicht.

„Sibille? Bist du noch dran? Du wirst doch wohl nicht beleidigt sein!"

„Nein, nun beruhige dich erst einmal. Ich komme sowieso nicht nach Deutschland. Ich wollte dich nur bitten, falls du jemanden aus meiner Klasse triffst, ihm auszurichten, dass ich doch keinen Urlaub bekommen habe."

„Ach, da fällt mir ein Stein vom Herzen. Wenn ich irgendwen sehe, richte ich es aus. Dann hast du also noch Arbeit?"

„Wie kommst du darauf, dass ich keine mehr habe?", entrüstete sich Sibille. Ohne eine Antwort abzuwarten, klärte sie Ihre Mutter auf. Jetzt durfte sie die Wahrheit sagen.

„Unsere Firma ist mit Charterfahrten ausgebucht. Ich bin fast jeden Tag auf dem Meer, meine Tauchgänge kommen echt gut an."

„Gott sei Dank, das hätte noch gefehlt. Wo Rico so übel dran ist, muss ich ihm unter die Arme greifen. Du weißt ja nicht, was eine Scheidung kostet; und die Unterhaltskosten erst!"

Von der Telefonzelle aus konnte Sibille auf die Straße schauen. Langsam fand sie am Versteckspiel Freude. Ohne näher auf die Probleme ihres Bruders einzugehen, meinte sie: „Nein, das weiß ich nicht. Aber erzähle mal, wie ist denn das Wetter bei euch?"

„Ach, du hast keine Vorstellung. Seit drei Tagen schüttet es aus Eimern."

„Buh, wie grausig, wir haben strahlend blauen Himmel, die Sonne scheint von morgens bis abends. Es ist fast zu heiß zum Arbeiten. Aber auf und im Meer ist es herrlich."

„Na ja, in deinem Leben scheint eben immer die Sonne. Sibille, ich muss jetzt auflegen. Rico kommt jeden Moment mit den Kindern. Ich will noch etwas Leckeres für sie kochen. Also mach`s gut, du kannst dich ja wieder einmal melden."

„Mach ich Mutti und sage Rico liebe Grüße." Sibille knallte den Hörer auf die Gabel, ließ sich auf ihren Koffer fallen und atmete tief durch.

„Was soll`s", dachte sie, kramte noch etwas Kleingeld hervor und rief bei Maja an. Sie war ihre einzige Hoffnung.

„Bitte Maja, bitte geh ran", flehte Sibille und presste die Hörmuschel ans Ohr.

„Wenzel."

„Hier ist Sibille. Bist du es, Maja?"

„Na klar bin ich`s, hey klasse, dass du anrufst, wie geht`s denn? Freust du dich auch so aufs Klassentreffen?"

„Ja schon, aber sag mal Maja, steht dein Angebot mit der Couch noch?"

„Das steht immer für dich, doch wolltest du nicht bei deiner Mutter schlafen?"

„Das ist eine lange, blödsinnige Geschichte."

„Oh, oh, mir schwant Schlimmes. Wann kommst du denn an?"

„Na ja, so gesehen, bin ich schon da."

„Wo?"

„Na hier auf dem Bahnhof."

„Ach du grünes Ei! Bleib, wo du bist, in zwei Minuten sitze ich im Auto und hole dich ab. Oder nein, bleib nicht, wo du bist. Mach es dir im Bahnhofscafé gemütlich, trinke ein Glas Schampus und freue dich, dass du hier bist. Mensch Bille, ich bin so was von happy. Du wirst sehen, wir zwei schenken uns ein paar richtig tolle Tage. Also bis gleich und nicht weglaufen, in einer knappen Stunde bin ich da."

Das Freizeichen ertönte.

Sibille schmunzelte. Ach du grünes Ei, ja, das war Maja. Sie hatte sich in den vielen Jahren kein bisschen verändert. Für Sibille war sie noch immer die quirligste, feinsinnigste Quasselstrippe, die sie kannte, und ihre beste Freundin.

Mit einem wohltuenden Gefühl legte Sibille den Hörer auf.

Sie tat, was ihr herzlichst befohlen war, schlenderte ins Café und setzte sich an einen kleinen Ecktisch. Majas Sektidee fand sie genial und bestellte einen Piccolo.

Sibille prostete sich zu, nippte genussvoll am Glas und dachte an ihre Ankunft. Ja, sie spielte „verkehrte Welt" und würde mit Maja wunderschöne Tage in Deutschland verleben.

# Auf Lebenszeit

... Rechtmäßig geschieden. So endete der letzte Satz des Scheidungsurteils. Da ich bereits zwei solche Exemplare besaß, fasste ich einen Entschluss. Nein! Ich wollte nicht für das Guinnessbuch der Rekorde „trainieren", und zum Jäger und Sammler fehlte mir die Leidenschaft. Auf jeglichen Beziehungsstress konnte ich gerne verzichten und nahm mein Leben und das meiner Tochter Franzi selbst in die Hand.

Sie war das Beste, was ich mithilfe meines zweiten Exmannes zustande gebracht hatte.

Beruflich tat ich das Gleiche, pfiff auf Arbeitsamt und Almosen und wählte die Selbständigkeit. Ich verrichtete für ältere Menschen Arbeiten in Haus und Garten, ging einkaufen und bot einen Fahrdienst an. Über jede neu gewonnene Kundschaft freute ich mich.

Als eines Tages die Brechts vor meiner Tür standen, hielt sich jedoch der Jubel in Grenzen. Ausgerechnet die Brechts, die offenbar auf Biegen und Brechen der Welt beweisen wollten, wie glücklich sie lebten. Im Ort tuschelte man über sie. Hinter vorgehaltener Hand nannten sie alle die „Siamesischen Zwillinge". Sie waren unzertrennlich, schienen nie zu streiten und keinerlei gegensätzliche Ansichten zu haben. Bei diesem Ehepaar sollte ich tagtäglich ein und ausgehen? Konnte ich, die schon zwei Ehehäfen verlassen hatte, solch eine Scheinheiligkeit ertragen? Kannte ich nicht die angeblich große Liebe viel zu genau?

Meine erste Ehe war so kurz wie meine Jugend, dafür dramatisch und vernichtend wie ein Inferno. Was anfangs eine unendliche Liebe versprach, wurde nach der Hochzeit zum Horrorszenario und ich sollte bald meine Grenze finden. Was konnte ich alles erdulden? Wie viele Kränkungen, Schläge, Leid und Schmerzen? Als mich Ben an einem Sonntag krankenhausreif prügelte, war die Grenze erreicht.

Meinen zweiten Ehemann suchte ich genauer aus und wählte das Gegenteil von dem, was ich kannte. David war zärtlich, beherrscht und einfühlsam. Als Franziska geboren wurde, gab er uns materielle Sicherheit und ein Heim. Nur Liebe gab er mir kaum mehr, die schenkte er zahlreichen anderen Frauen. Nein! Zu solch einem Lebensstil war ich nicht bereit, nahm Franzi und ging.

Leicht hatten wir es zu keiner Zeit, weder sie mit mir noch ich mit ihr. Voller Stolz kann ich sagen, wir haben unser Leben auf die Reihe gebracht. Ich ohne Ehemann, Franzi ohne Vater. Auch wenn sie ihn vermisste, warf sie es mir niemals vor. Trotz allem entwickelte sie sich zu einem völlig normalen Teenager; ich allerdings zu einer genervten Mutter. Neben unbändiger Freiheit brauchte und wollte sie alles, zumindest das, was ihre Freundinnen besaßen.

Ich dachte an meine kleine, große Franzi und an die wie Sternengold glänzenden Augen, die mich belohnten, wenn ich ihr einen Wunsch erfüllen konnte. Es waren ihre Augen, die mich glücklich machten. Deshalb nahm ich die Stelle bei den Brechts an. Ich redete mir ein: „Du musst dich nicht mit ihnen vergleichen." Das konnte und wollte ich auch nicht. Schließlich lebte ich in der realen Welt und in keinem Märchen.

Am ersten Arbeitstag wurde ich von den Brechts in Empfang genommen. Hand in Hand zeigten sie mir den Garten. Vor zwei Mahagoni-Liegen, die in einem Kiesbett, umrandet mit weiß violettem Steinkraut, standen, blieben sie stehen. Der wuchtige Gartenschirm ließ den Sonnenstrahlen kaum eine Chance. An ihm kann es nicht gelegen haben, dass Herr Brecht keck blinzelte, als er seine Frau ansah.

„Stimmt's Lisa, hier ist unser Lieblingsplatz."

Sie schmiegte sich an seine Schulter und säuselte: „Ja mein Liebster, nach all den Jahren steht noch immer alles am richtigen Platz."

Und derart eng! Bestimmt waren die Armlehnen miteinander verschraubt. Mir lief es kalt den Rücken herunter. Im Grunde war ich ehrlich und geradeheraus. Doch ich brauchte den Job, unterdrückte ein verächtliches Lächeln und raspelte stattdessen Süßholz.

„Wie zauberhaft Sie es hier haben. Sie müssen sehr glücklich sein."

Das hatte ich hinter mich gebracht, zügig wechselte ich das Thema.

„Können wir dann bitte noch die anderen Dinge besprechen?"

Die beiden nickten einladend und schlenderten innig umarmt vor mir her ins Haus.

Von diesem Tag an arbeitete ich drei Mal in der Woche bei den Brechts.

Auch wenn ich es bis heute nicht verstehe, erfasste mich zunehmend diese aufrichtige, tiefe Verbundenheit zwischen ihnen. Es war mühselig, an meiner Ansicht über Liebe und Vertrauen festzuhalten. Sobald ich sie sah, wurde mir warm ums Herz. Sie unternahmen alles gemeinsam. Gemeinsam gingen sie einkaufen, gemeinsam erledigten sie kleine Hausarbeiten und gemeinsam richteten sie das Essen an. Tag für Tag spülte Lisa das Geschirr und Bruno trocknete es ab. Dabei plauderten sie miteinander. Die beiden hatten immer etwas zu erzählen. Die heiteren Streiche, die sie einander spielten, gehörten dazu wie die innigen Küsschen. An sonnigen Tagen saßen sie gemütlich auf den Liegestühlen im Garten. Sie lasen sich abwechselnd Bücher vor oder lösten Kreuzworträtsel. Oft erzählten sie Geschichten aus vergangenen Zeiten; die schönen und die traurigen. Dabei hielt Bruno Lisas Hand, die auf der Armlehne ruhte. Langsam begann ich zu begreifen, sie hatten sie gefunden, die wahre Liebe, das unendliche Glück.

Bis zu jenem Tag im Mai.

Ich war auf dem Weg zu den Brechts, bog um die letzte Ecke und sah das Krankenauto. Mit einem beklemmenden Gefühl parkte ich mein Auto und lief, nein, ich rannte zum Rettungswagen. Er war leer. Durch die sperrangelweit aufstehende Tür ging ich ins Haus. Herr Brecht saß kreidebleich, zusammengesunken auf dem Sofa im Wohnzimmer. Als er mich wahrnahm, blickte er zu mir auf. Das fröhliche Funkeln in seinen Augen suchte ich vergebens. In bitterer Ahnung erkannte ich, etwas Furchtbares musste geschehen sein. Brunos Stimme klang gequält und fremd.

„Lisa ist heute Morgen nicht aufgestanden. Sie steht nie mehr auf …, niemals wieder."

Ich schaute zum Ende des Flurs, die Notärzte verließen gerade das Schlafzimmer. Zögernd führten mich meine Schritte zu Lisa. Sie lag im Bett, als würde sie schlafen, doch es war ein unendlicher Schlaf. Herr Brecht ging schleppend an mir vorüber ins Zimmer. Behutsam deckte er seine Frau mit der Bettdecke zu und faltete ihr die Hände auf der Brust. Er wollte bei Lisa bleiben, bis sie auf ihre letzte Reise ging, und setzte sich zu ihr auf den Bettrand.

Im Stillen verabschiedete ich mich von Frau Brecht, strich Bruno sanft über die Schultern und ließ die beiden allein.


Der Rettungswagen verschwand und das Bestattungsauto kam. Auch dieses Auto fuhr wieder davon. Doch es nahm Lisa mit; Bruno und ich blieben zurück. Wir saßen am Wohnzimmertisch. Wir weinten, schwiegen, klagten und weinten. Es war grausam, Herrn Brecht erbarmungslos leiden sehen zu müssen. Er fand keine Worte, wollte weder essen noch trinken. Ich gab ihm ein Beruhigungsmittel und blieb bis zum frühen Abend. Erst als er auf dem Sofa eingeschlafen war, fuhr ich nach Hause. Ich umarmte Franzi und konnte sie für lange Zeit nicht aus meinen Armen freigeben.

Herr Brecht verfiel in eine tiefe Trauer. Ihm nicht helfen zu können und die Stille, die das Haus umgab, hielt ich kaum aus. Das war es also, was am Ende einer bedeutsamen Liebe blieb – unerbittliche Einsamkeit. War es doch besser, niemals aufrichtig zu lieben?

Es dauerte Monate, bis Bruno allmählich ins Leben zurückfand. Zu meinem Erstaunen änderte er nicht eine Gewohnheit. Er lebte jeden Tag, als wäre sie noch da, seine Lisa. Er ging allein einkaufen, kochte allein und spülte das Geschirr allein. Doch eines war anders als früher. Die Liegen beim weiß-violetten Steinkraut blieben leer. Verlassen standen sie im Kiesbett. Bei sonnigem Wetter saß Bruno auf der Terrasse. Dort löste er allein Kreuzworträtsel und las allein in seinen Büchern.

Dann, es war der zweite Frühling nach Lisas Tod, bekam Herr Brecht des Öfteren Besuch von zwei, drei Damen. Sie brachten Kuchen und tranken Kaffee mit ihm. Ich schloss längst Wetten mit mir ab, welche die neue Herzdame werden würde. „Liebe ist wohl doch austauschbar", dachte ich.

Als ich eines Tages im Garten die Hecke ausharkte, klingelte es an der Vordertür. Hastig lief Bruno von der Terrasse ins Haus.

„Jetzt kommen die Kaffeetanten schon am Morgen", brummte ich vor mich hin.

Da rief bereits Herr Brecht: „Können Sie mir bitte helfen?"

Er stand auf den Stufen zum Garten, sah ungewohnt erregt zu mir herüber und verschwand sogleich im Haus.

Ich legte den Rechen aus der Hand und beeilte mich, ihm zu folgen. Im Flur zeigte er auf ein Paket: „Das muss zum Apfelbaum."

Ratlos, was er sich hatte anliefern lassen, schleppte ich den Karton in den Garten. Hastig zog Bruno das

Paketband ab, riss den Deckel hoch und ein weiß lackierter Liegestuhl kam zum Vorschein. Verwundert betrachtete ich ihn, und weil ich es genau wissen wollte, fragte ich: „Nur ein einzelner Stuhl? Wenn Sie nun einmal netten Besuch bekommen?"

„Ach! Der Besuch hat hier nichts verloren."

Ohne weitere Fragen über die ständigen Kaffeegäste zu stellen, zerrte ich den Stuhl aus der Verpackung und stellte ihn unter den Apfelbaum ins Gras.

Zufrieden nickte Bruno, ließ sich im Liegestuhl nieder und sagte: „Das ist ab heute mein Platz im Garten."

Noch während er die Rückenlehne einstellte, wanderte mein Blick zu den zwei Holzliegen, die verwittert im Kiesbett standen. Ich zeigte hinüber.

„Wenn Sie wollen, räume ich die Liegen weg und hole den großen Terrakottatopf aus dem Schuppen. Wir fahren zum Gartenmarkt, Sie suchen ein Bäumchen für den Topf aus und ich setze ihn in den Kies, dann ist die Stelle nicht so leer."

„Ach Kindchen, zum Bäumepflanzen bin ich zu alt. Außerdem bleiben die Liegen, wo sie sind!" Herr Brecht sah mich an, und seine folgenden Worte klangen sanft und bedächtig.

„Dort drüben war ich mit meiner Frau glücklich. Doch mir gehört dieser Platz nicht mehr, genauso wie er Lisa nicht mehr gehört. Sie hat gewiss längst ein schönes Plätzchen gefunden. Hier unter dem Apfelbaum warte ich, bis auch meine Zeit gekommen ist, dann dürfen wir wieder beisammen sein."

Ich hatte das Gefühl, irgendetwas sagen zu müssen, aber ich brachte kein Wort heraus. Tränen flossen mir übers Gesicht und eine endlose Traurigkeit beschlich mich. Dieses Empfinden der innigen Liebe über den Tod hinaus würde ich wohl nie erleben dürfen.

# Dann kam Frosch

Pünktlich räumte Egon Grünwald seinen Schreibtisch auf, zog den Mantel über und verließ das Büro. Auf der Treppe zur Eingangshalle holte er den schwarzen Knirps aus der Aktentasche. Der Pförtner sah ihm entgegen.

„Ah, Herr Grünwald, keine Minute zu früh und keine Minute zu spät. Nach Ihnen kann ich meine Uhr stellen."

„Meinetwegen tun Sie das. Mir ist es …"

Jammernde, wimmernde Laute, die aus der Pförtnerkabine drangen, unterbrachen seine Worte. Barsch fragte er: „Was sind das für Geräusche?!"

„Das sind nur die Babys meiner Katze. Ich habe keine Abnehmer gefunden. Heute nach der Arbeit bringe ich sie ins die Tierheim. Oder wollen Sie eine? Möchten Sie einmal schauen?"

„Bloß nicht! Ich lasse mir doch von so einem Vieh nicht mein Leben bestimmen." Egon Grünwald strafte den Pförtner mit einem verachtenden Blick, spannte noch in der Vorhalle den Schirm auf und schritt aus dem Bürogebäude. Draußen angekommen nahm er Kurs auf die Bushaltestelle schräg gegenüber. Wie jeden Tag schaute er auf die Armbanduhr. Drei Minuten, er hatte seinen Zeitplan eingehalten. Es dauerte nochmals exakt drei Minuten, bis der Bus Nummer 60 vor ihm hielt. Grünwald klemmte zufrieden Schirm und Tasche unter den Arm und stieg ein. Flüchtig hob er grüßend die Hand. Keppler, der Busfahrer, grinste ihn unverhofft eigenartig an.

„Tag Herr Grünwald. Wen haben Sie denn heute mitgebracht?"

„Wen soll ich mitgebracht haben?", fragte dieser empört. Doch dann entdeckte er vor seinen Füßen einen patschnassen, graumelierten Hund.

„Das ist nicht meiner! Hau ab, mach, dass du hier rauskommst!" Er schob das Tier unsanft mit dem Fuß zur Seite und setzte sich auf seinen Stammplatz hinter der Fahrerkabine. Doch das Hündchen dachte nicht daran, wieder auszusteigen, und verkroch sich unter Grünwalds Sitz. Auffordernd sah der zu Keppler.

„Wollen Sie nicht endlich etwas unternehmen?"

„Was soll ich Ihrer Meinung nach unternehmen? Der lungert schon einige Tage hier herum, eingestiegen ist er allerdings noch nie." Keppler musterte die Fahrgäste. Weil sich niemand außer seinem speziellen Freund von dem Tier gestört fühlte, beschloss er: „Wir lassen den Hund in seinem Versteck. Es ist meine letzte Tour für heute. In der Garage rufe ich im Tierheim an, die sollen ihn abholen." Er ließ keine Widerrede Grünwalds gelten, schloss die Türen und fuhr los.

Egon Grünwald bemühte sich, seine gewohnte Routine wiederzufinden, kramte die Zeitung aus der Tasche und wie jeden Tag las er die Auslandsberichte.

Vier Stationen später stieg er, ohne im Geringsten an den „blinden Passagier" zu denken, aus dem Bus.

Der Nieselregen hatte sich zu einem Wolkenbruch entwickelt. Grünwald, fieberhaft mit dem Schirm beschäftigt, vernahm ein für sein Gemüt fast unerträgliches Geräusch. Entsetzt schaute er nach hinten. Wahrhaftig, schon wieder war ihm dieser Hund nachgelaufen, und bellte ihn verwegen an. Den Regenschirm über dem Kopf schwingend, rief er: „He Keppler, der Köter! Warten Sie!"

Doch Keppler war froh, sich nicht weiter um das Tier kümmern zu müssen, überhörte großzügig den Hilferuf und fuhr davon.

Zutiefst beleidigt stampfte Egon Grünwald mit dem Fuß auf. Zornig ging er auf seinen Verfolger zu, ruderte mit Knirps und Aktentasche wild umher und schimpfte: „Mach, dass du hier wegkommst, du Vieh!"

Der Hund, der bis dahin erwartungsvoll zu ihm aufgeschaut hatte, erschrak, sprang winselnd auf und suchte das Weite.

Diese Gelegenheit nutzte Egon Grünwald. Schnellen Ganges schlug er den Weg nach Hause ein. Er fand es sinnvoll, keine Zeit zu verlieren, schaute sich nicht um, und blieb nicht stehen. Bei jedem zweiten Schritt lauschte er in die Stille. Von Minute zu Minute stieg seine Zuversicht, den Hund siegreich verjagt zu haben.

Er war an der letzten Kreuzung angekommen. Bevor er um die Ecke bog, legte sich ein Lächeln auf sein Gesicht und triumphierend blickte er zurück. Doch was er sah, verschlug ihm sekundenlang den Atem. Das Hündchen war ihm in sicherem Abstand nachgeflitzt. Etwa drei Meter vor Grünwald setzte es sich abwartend auf den nassen Gehsteig, neigte das Köpfchen zur Seite und beäugte ihn. Das war zu viel für Grünwald.

„Das darf nicht wahr sein! Du Mistvieh schleichst mir nach? Na warte!" Hastig hob er einige Steinchen vom Boden auf und warf sie dem Hund entgegen. Der heulte auf und flüchtete panisch geradewegs auf die Straße.

Quietschende Bremsen und ein erbärmliches Aufjaulen ließen Egon Grünwald erschauern. Der Fahrer des Wagens ließ die Scheibe herunter und brüllte: „Du Blödmann! Nimm deinen Köter gefälligst an die Leine!"

„Ich habe keinen! Der ist mir …"

„Ach, halt die Klappe!", schrie der Mann und fuhr davon.

Mit zitternden Knien ging Grünwald auf den Hund zu, der winselnd am Straßenrand kauerte und ein Vorderbeinchen hochhielt. Er beugte sich zu dem Tier herab und befühlte behutsam den kleinen nassen Körper.

„Das wollte ich nicht. Ich wollte wirklich nicht, dass du verletzt wirst."

Als Grünwald das Pfötchen abtastete, wimmerte der Hund und schaute ihn aus braunen Kulleraugen flehentlich an.

„Hier in der Kälte und Nässe kannst du keinesfalls liegen bleiben. Es ist besser, du kommst erst einmal mit zu mir."

Grünwald klemmte die Aktentasche und den Schirm unter den einen Arm und nahm das Hündchen vorsichtig auf den anderen. Regungslos ließ es das Tier geschehen und schmiegte sich Schutz suchend an seinen Mantelärmel.

Abwechselnd einmal auf den Hund, dann wieder auf den Fußweg schauend, setzte Grünwald flink seinen Weg durch den Sturzregen fort. Dabei dachte er an seine Katze Lissi, die ihm Freunde nach dem Tod seiner Frau geschenkt hatten. Lissi half ihm über die Einsamkeit hinweg, durch sie war er wieder glücklich geworden. Bis sie eines Tages überfahren wurde. Er musste alles mit ansehen und hilflos hielt er seine Lissi im Arm, als ihr der Tierarzt die erlösende Spritze gab. Danach beschloss er, nie wieder ein Tier in sein Leben zu lassen. Nun trug er den Hund nach

Hause, der seinetwegen fast ums Leben gekommen war. Egon Grünwald schnürte es die Kehle zu. Was war er für ein seelenloser Mensch, wie konnte er sich so verändert haben?

„Was hab ich getan?", sagte er ernüchtert, als er endlich tropfnass die Wohnungstür aufschloss. Er legte das Hündchen behutsam auf die Couch im Wohnzimmer, deckte es mit seiner Fernsehdecke zu, strich über das Köpfchen und brummte: „Ruh dich aus. Ich muss mich abtrocknen und umziehen, dann sehen wir weiter."

Grünwald ging. Im Bad dachte er daran, dass er am nächsten Tag in der Firma anrufen musste. Er würde später zur Arbeit kommen. Zuvor wollte er mit dem Hund zum Tierarzt gehen, und ihn danach ins Tierheim bringen. Das war er dem Tier schuldig.

Als er zurück in das Wohnzimmer kam, stand er vor einem leeren Sofa.

„He Hund, wo bist du?", rief er. Gleich darauf hörte

er es aus der Küche bellen. Grünwald fand den Kleinen hibbelig, auf drei Beinen, vor dem Kühlschrank auf und niederhüpfend. Zuerst unschlüssig, ob er ihn tadeln der loben sollte, entschied er sich für das Wunder und lobte: „Prima! Du bewegst dich ja wieder. Vielleicht kannst du auch schon bald auf vier Pfoten laufen, dann muss ich dich nicht zum Arzt bringen."

Das Hündchen schenkte Grünwalds Freude keine Beachtung. Es richtete die Ohren auf, fiepte mitleiderregend und stupste mit der Schnauze gegen die Kühlschranktür.

„Hast du etwa Hunger?"

Kerzengerade setzte sich der Hund auf sein Hinterteil und klopfte mit dem Stummelschwanz auf den Boden.

„Also gut, ich gebe dir eine Wurst. Das wird reichen. Gleich morgen früh kommst du ins Tierheim."

Grünwald holte eine Bockwurst aus dem Kühlschrank, schnitt sie auf einem Teller in Stücke, und stellte ihn mit einer Schüssel Wasser vor den Hund. Der hatte alles genau beobachtet, verschlang hastig die Stückchen, schlabberte das Wasser auf und hüpfte zur Tür. So gut es mit drei Pfötchen ging, kratzte er winselnd daran.

„Was ist nun wieder los? Sag bloß, jetzt musst du dein Geschäft machen? Bei dem Regen sollten wir nicht noch einmal hinausgehen. Warte ab, du bist gewiss keine Katze, aber ..."

In der Hoffnung, dass der Hund ihn nicht enttäuschte und sein Plan funktionierte, stürmte Grünwald in die Abstellkammer. Es rumpelte, schepperte, klirrte, und schon kam er mit einem Katzenklo zurück.

„Das ist von meiner Lissi. Die war zwar eine Katze, doch kaum winziger als du."

Grünwald stellte das Klo neben die Tür und hob das Hündchen hinein. Der Kleine schnüffelte, drehte sich vier Mal im Kreis und setzte ein Häufchen in die Katzenstreu. Er tippelte hin und her und streckte ein

Beinchen davon. Weil pieseln auf drei Pfötchen äußerst schwierig ist, ging es nicht ohne ein Rinnsal auf den Küchenfliesen ab.

„Immerhin", dachte Grünwald und wischte mit dem Mopp trocken.

Dann bückte er sich, tätschelte das Hundeköpfchen und wollte das Tier mit lobenden Worten belohnen. Dazu kam es nicht. Stattdessen rümpfte er schaudernd die Nase.

„Umso mehr dein Fell trocknet, umso abscheulicher stinkst du! Du brauchst sofort ein Bad, wie soll ich dich sonst in der Nacht ertragen? Im Tierheim schlagen sie auch die Hände über dem Kopf zusammen."

Entschlossen trug er den Stinker ins Bad, setzte ihn in die Wanne und drehte das Wasser an. Grünwald war gerührt. So leicht hatte er es sich nicht vorgestellt. Der Kleine fühlte sich im warmen Badewasser pudelwohl, spitzte die Ohren und sprang ausgelassen durch die Wanne. Dies imponierte Grünwald.

„Du siehst zwar aus wie ein Hund, aber du hüpfst wie ein Frosch", lachte er. „Weißt du was, ich nenne dich Frosch. Ich bin übrigens der Egon."

Er nahm etwas von seiner extra milden Seife, schrubbte Frosch ausgiebig und rubbelte ihn mit seinem Badetuch ab. Egon erkannte den Hund nicht wieder. Alles, was an seinem Fell zuvor grau gewesen war, glänzte schneeweiß. Egon entwirrte mit seinem Kamm das verzottelte Fell und nach dem Föhnen sah Frosch nicht nur schneeweiß aus, sondern fühlte sich weich wie Daunen an.

„Bist du ein hübsches Tier", staunte Egon. Ein wenig staunte er auch über das Bad, es war unordentlich wie noch nie. Er schaute sich kurz um und meinte: „Ach, das ist bloß Wasser, das trocknet wieder und aufgeräumt wird morgen." Egon nahm Frosch auf den Arm, ging mit ihm in die Küche und setzte ihn auf einen Stuhl.

„Frosch, was hältst du von einem leckeren Nudelsüppchen? Ich habe nämlich richtig großen Appetit."

Der Hund wackelte mit dem Schwänzchen und bellte bejahend. Egon flitzte zum Herd und obwohl es nur eine Tütensuppe war, bemühte er sich wie ein Sternekoch. Am Ende hatte er sie mit einer Bockwurst und zwei Eigelb verfeinert und tischte stolz auf. Egon schlürfte die Suppe am Tisch, Frosch schlabberte sie unter dem Tisch, so ließen sie sich ihr erstes gemeinsames Mahl schmecken.

Satt und zufrieden saß Grünwald in der Küche. Eigentlich hätte er jetzt aufräumen und abspülen müssen. So war es bisher jeden Abend gewesen. Er schaute hinunter zu Frosch, nahm ihn auf den Schoß und sagte: „Weißt du was? Die Küche kann auch bis morgen warten, wir lassen es uns lieber im Wohnzimmer gutgehen."

Keine fünf Minuten später aalten sich die beiden gemütlich auf dem Sofa. Im Fernsehen lief eine Tierdokumentation. Frosch und Egon lauschten gespannt dem Wolfsrudel, das durch die Nacht streifte, doch bald schon war Frosch und kurz darauf auch Egon eingeschlafen.

Ein sanftes Brummeln und Schnarchen weckte Egon. Er gähnte und raunte: „Komm Frosch, wir gehen zu Bett." Mit der Sofadecke schlurfte er ins Schlafzimmer und legte sie vor das Bett. Der Hund folgte brav. Egon fiel erleichtert auf, dass Frosch kaum mehr nur auf drei Beinen hüpfte. Er wies ihm seinen Schlafplatz zu und kroch unter die Bettdecke. Den Wecker stellte er eine Stunde früher. Nicht wegen des Tierheimes, diesen Gedanken hatte er längst verworfen.

Dennoch musste er in der Firma anrufen, um sich für mindestens einen Tag beurlauben zu lassen. Schließlich gab es viel zu tun.

Egon strich über das Köpfchen seines neuen Freundes, flüsterte: „Gute Nacht Frosch", löschte das Licht und drehte sich zufrieden auf die Seite. Doch schlafen konnte er lange nicht. Er plante den kommenden Tag.

Er wollte mit Frosch frühstücken und mit ihm in den Park gehen. Aber zuvor brauchte Frosch eine Leine und ein Halsband. Ordentliches Futter brauchte er auch und ein Schlafkörbchen, ein größeres Klo, einen Kamm, Spielsachen und vieles mehr. Kurz bevor er einschlief, fiel ihm auf, dass er seit Ewigkeiten nicht daran gedacht hatte, was der nächste Tag bringen würde. Er hatte sein Leben so eingerichtet, dass alles perfekt und gleich war. Eine Woche glich der anderen, ein Tag dem anderen, ja sogar eine Stunde der anderen.

Entschlossen raunte er: „Dank Frosch sind diese Zeiten vorbei. Jetzt ändert sich alles."

# Lebenslüge

Johannes stellte die Einpflanzung mit Veilchen und Vergissmeinnicht vor den Grabstein. Es war der dritte Todestag seiner Eltern. Ein schrecklicher Unfall auf dem Weg nach Italien hatte sie erbarmungslos aus dem Leben gerufen. Es sollte ihre erste Urlaubsreise seit Jahren sein. Wie aus dem Nichts tauchte der betrunkene Geisterfahrer auf und raste auf sie zu. So wie die Eltern viel zu früh gehen mussten, mussten Johannes und sein Bruder Sebastian viel zu früh die Grafikmanufaktur übernehmen.

Johannes lächelte bitter. Nicht einmal heute kam Sebastian ans Grab der Eltern. Sie waren Zwillinge und sahen sich zum Verwechseln ähnlich, doch das war auch schon alles. Im Gegensatz zu Johannes, der in den letzten drei Jahren nur für die Firma gelebt hatte, ging Sebastian seinen eigenen Weg.

Als sie vor über zwei Jahren den Kredit aufgenommen hatten, um die Manufaktur zu modernisieren, war Sebastian hellauf begeistert gewesen. Das einzigartige Gefühl, ein Geschäftsmann zu sein, gefiel ihm. Er wurde der Unternehmer Sebastian Hofer, fuhr ein Cabrio und besuchte die nobelsten Restaurants und Diskotheken. Sebastian wurde zum Lebemann und Frauenheld. Die Arbeit in der Manufaktur überließ er seinem Bruder. Alle Versuche von Johannes, ihn für die Mitarbeit zu begeistern, scheiterten. Sebastian ließ Aufträge platzen, vertrieb durch seine arrogante Art die Kunden und dachte nicht daran, seinen Bruder in irgendeiner Weise zu unterstützen.

Seit Johannes vor zwei Monaten offenbart hatte, dass sie auf den Bankrott zusteuerten, und ihre Gehälter halbiert hatte, lachte Sebastian ihn aus. Von dem Tag an war er, falls er überhaupt in die Firma kam, meist schon mittags betrunken. Für Johannes war das unerträglich. Jeden anderen hätte er, ohne mit der Wimper zu zucken, hinausgeschmissen.

Aber seinem Bruder gehörte die Hälfte der Manufaktur, auch wenn sie bald nur noch aus Schulden bestehen würde.

In Gedanken vertieft, verließ Johannes den Friedhof. In der Manufaktur wartete viel Arbeit. Es gab eine letzte Chance, das Ruder herumzureißen. Doch dafür blieben ihm nur zwei Tage und auf Hilfe von seinem Bruder durfte er kaum hoffen.


Unschlüssig, ob Sebastian an den Termin gedacht hatte, betrat Johannes am Dienstagmorgen kurz vor neun Uhr das Bahnhofsgebäude. Gestern war sein Bruder nicht zur Arbeit gekommen. Weit in die Nacht hinein hatte Johannes vergeblich versucht, ihn telefonisch zu erreichen. Vielleicht war es sowieso besser, wenn er allein nach München fahren würde. Schließlich hing alles von diesem Auftrag ab.

Johannes schob die Tür zum Bahnhofscafé auf. Der Geruch nach abgestandenem Bier schlug ihm entgegen. Noch bevor er sich umschaute, hörte er die Stimme seines Bruders.

„Johannes, komm her. Willst du einen Drink? Ich gebe einen aus."

Johannes ging zum Tisch, sah das Whiskyglas und Wut stieg in ihm auf.

„Muss das sein?! Verstehst du nicht, worum es heute geht?"

„Ach, das ewige Kundenbetteln bringt doch nichts."

„Sebastian, was soll das? Willst du die Manufaktur aufgeben? Denke bitte nach, es ist unsere Zukunft."

„Was heißt hier unsere Zukunft? Vielleicht ist es deine, meine auf keinen Fall."

Johannes schaute seinen Bruder fassungslos an.

„Was willst du eigentlich?"

„Was ich will, kann ich dir zeigen." Mit einem penetranten Lächeln griff Sebastian in die Jackentasche und zog einen kleinen Schein heraus. „Das will ich.

Das ist der Weg in meine Zukunft. Das sind umgerechnet über dreihunderttausend Euro, ich denke, die werden ausreichen."

Verblüfft starrte Johannes auf den Kontoauszug. „Das ist doch auf Englisch. Du hast ein ausländisches Konto? Und woher kommt das viele Geld?"

„Da staunst du was? Online Glücksspiel in Gibraltar, völlig steuerfrei."

„Ist das nicht illegal?"

„Und wenn schon, es erfährt doch keiner. In ein paar Tagen haue ich hier ab, kaufe mir in Gibraltar eine Jacht und bin für immer weg."

„Aber Sebastian, mit dem Geld können wir die Manufaktur retten. Wir dürfen uns bloß nicht erwischen lassen, wenn wir es holen."

„Spinnst du? Das ist mein Geld! Weder die Manufaktur noch du bekommst auch nur einen Euro. Aber ich schenke dir meine Hälfte der Manufaktur. Du darfst gerne alle Schulden übernehmen."

Johannes wollte nicht glauben, was er hörte, er musste Sebastian unbedingt umstimmen.

Ein Blick zur Uhr ließ ihn hochschrecken. Er klopfte seinem Bruder Sebastian auf die Schulter und sagte: „Komm, wir müssen los. Lass uns bitte später über alles sprechen."

Sebastian trank das Whiskyglas leer, brummte: „Wenn du denkst", stand auf und schlenderte hinter seinem Bruder aus dem Café.

Johannes suchte einem Weg, Sebastian umzustimmen. Er wusste, ein Streit würde nichts bringen. Doch vor ihnen lag die Fahrt nach München. Die Fahrzeit bot sich als Chance, seinem Bruder ins Gewissen zu reden.

Schweigend gingen sie zum Bahnsteig und schweigend stiegen sie in den Zug und hielten Ausschau nach einem freien Zugabteil. Johannes setzte sich Sebastian gegenüber und es fiel ihm schwer, die Fassung zu behalten. Denn der, kaum dass er saß, zog den Reißverschluss seiner Tasche auf und holte eine

Flasche Whisky heraus. Er schraubte sie in Feierlaune auf und hob sie an den Mund. Frustriert griff Johannes nach Sebastians Arm.

„Lass das bitte! Bis wir in München ankommen, bist du betrunken."

„Na und? Wen interessiert das?" Sebastian schlug die Hand seines Bruders von sich. „Im Gegensatz zu dir habe ich einen Grund zum Feiern."

Der Whiskygeruch stieg Johannes in die Nase. Angeekelt drehte er den Kopf zum Fenster. Er beobachtete den Schaffner, der die Kelle hob, hörte einen schrillen Pfiff und der Zug fuhr ruckend an. Johannes konnte seinen Bruder nicht verstehen. Warum wollte er ihn und die Manufaktur im Stich lassen? Er sah in die vor Arroganz und Whisky glänzenden Augen seines Bruders, atmete tief ein und eindringlich sagte er: „Sebastian, hör mir zu; die Manufaktur haben Vater und Mutter für uns aufgebaut. Es ist unser Erbe."

„Erbe? Wir haben nur Arbeit geerbt. Und sei beruhigt, die zwei sehen es ja nicht mehr."

Voller Zorn über die kalten Worte und sein schrilles, spöttisches Gelächter, wollte sich Johannes auf Sebastian stürzen. In dem Moment, als er aufsprang, gab es einen bombenartigen Knall. Ein heftiger Ruck schleuderte ihn zur Seite. Alles um ihn herum drehte sich. Das Zugabteil schien über ihm einzustürzen. Kantig und schwer war das, was ihn fast erdrückte. Reißender Schmerz und panische Schreie waren das, was er zuletzt vernahm.

Als Johannes zur Besinnung kam, lag er unter zerborstenem Glas, Zugteilen und Gepäckstücken. Schwarze Rauchschwaden hüllten ihn ein und brannten in seiner Kehle. Wo er hinsah, krümmten sich verletzte Menschen. Einige schrien blutüberströmt, weinten oder stöhnten qualvoll. Andere lagen leblos zwischen den Trümmern. Langsam begriff Johannes, er war in der Hölle eines entgleisten Zuges gefangen. Verängstigt suchte er nach seinem Bruder. Unentwegt rief er: „Sebastian, wo bist du, kannst du mich hören?" Endlich, wenige Meter entfernt, sah er ihn. Unter Schmerzen hob Johannes die Abteilwand an und zog seine Beine darunter hervor. Mit aller Kraft, die er aufzubringen vermochte, kroch er zu seinem Bruder. Der schreckliche Anblick ließ ihn zutiefst erschauern. Eine herausgerissene Haltestange hatte sich in Sebastians Brust gebohrt.

„Sebastian, hörst du mich?" Doch Sebastian hört ihn nicht mehr. Er starrte ihn mit aufgerissenen Augen an, sein Bruder war tot. Fassungslos kniete Johannes neben Sebastian. Übelkeit stieg in ihm hoch. Er konnte das grausame Bild nicht länger ertragen und wandte sich ab. Verzweifelt suchte er einen Weg aus dem grauenvollen Gefängnis. Im letzten Moment fiel Johannes der Kontoauszug ein. Sebastian hätte das Geld gehabt, um die Manufaktur zu retten. Nun würde es keiner bekommen. Auch wenn er der Erbe seines Bruders war, diese Art von Glücksspiel war verboten. Er würde bestimmt nie an das Geld herankommen. Außer …, Johannes kam eine gespenstische Idee. Er könnte Sebastian werden. Niemand würde den Unterschied bemerken, sie ähnelten sich wie ein Ei dem anderen. Er blickte nach allen Seiten. Das Chaos war perfekt, er war ein Opfer unter vielen. Noch kamen die Rettungskräfte nicht und noch nahm keiner Notiz von ihm. Jeder Einzelne kämpfte um das eigene Überleben.

Entschlossen griff er in Sebastians Jackentasche, zog den Kontoauszug heraus und steckte die Fahrkarten, die er mit seiner Scheckkarte bezahlt hatte, hinein. Er tauschte Ausweispapiere, Geldbörsen und Wohnungsschlüssel. Ein letztes Mal schaute er seinen Bruder an, dann schleppte er sich in die Richtung, aus der er die Rufe der Rettungsmannschaft hörte.

Johannes wurde zu Sebastian.

Im Krankenwagen fragte er unentwegt nach seinem Bruder. Er erzählte, dass er ihn nicht finden konnte, und flehte, nach ihm zu suchen. Mit Rippenbrüchen und einem Beinbruch wurde der neue Sebastian in die Klinik eingeliefert.

Am nächsten Tag überbrachten ihm zwei Polizeibeamte die Nachricht, dass sein Bruder Johannes nicht lebend geborgen werden konnte. Er zählte zu den vielen tödlich verunglückten Fahrgästen. Sebastian weinte, fluchte und trauerte um seinen Bruder.

Drei Wochen nach dem verheerenden Unglück verließ Sebastian das Krankenhaus. Er zog in die Wohnung seines Bruders, der unter dem Namen Johannes Hofer neben dem Grab der Eltern beerdigt wurde.

Wenige Tage nach der Beisetzung flog Sebastian nach Gibraltar, löste das Konto auf und schmuggelte das in Euro getauschte Geld nach Deutschland. Monat für Monat zahlte er in unauffälligen Raten die Schulden ab und lebte zurückgezogen wie zuvor. Von morgens bis abends arbeitete er in der Manufaktur. Das Glück schien auf seiner Seite. Er schrieb schwarze Zahlen und konnte mit den Einkünften gut leben. Bald schon hatte er so viele Aufträge, dass ihm die Zeit für die Büroarbeit fehlte. Kurz entschlossen schaltete er eine Stellenanzeige.

Am darauffolgenden Tag stand eine Frau mit einem Kind auf dem Arm in seinem Büro. Sie lächelte und sprach ihn an, als ob sie sich seit Ewigkeiten kennen würden.

„Na Sebastian, da staunst du, was? Warum hast du mich nicht gleich angerufen? Du weißt doch, dass ich eine super Bürokauffrau bin."

War Johannes jetzt erst in seinem neuen Leben angekommen? Wer war die Frau, die weiterhin energisch auf ihn einredete?

„He Basti, ich bin es, Ellen! Erkennst du mich nicht? Oder fürchtest du, dass ich Rache an dir nehmen will, weil du mich von einer Nacht auf die andere sitzen gelassen hast?"

Schnell wurde Sebastian klar, sie war eine der vielen Geliebten seines Bruders.

„Doch, ich weiß, wer du bist", sagte er mit gefasster

Stimme. „Also, was willst du wirklich hier?"

„Na was wohl? Die Stelle und weil es so gut passt, möchte ich dir deinen Sohn Niklas vorstellen."

Sebastian verlor den Boden unter seinen Füßen. Sein Bruder hatte einen Sohn? In diesem Moment bereute er zum ersten Mal, dass er nicht mehr Johannes war.

„Was ist, Basti, weshalb schaust du so erschrocken? Glaubst du etwa nicht, dass Niklas dein Sohn ist? Du kannst nachrechnen, in zwei Monaten wird er ein Jahr. Wir können auch einen Vaterschaftstest machen."

Sebastian, der er nun einmal war, hätte gerne auf dem Test bestanden, doch aus gutem Grund wehrte er ab.

„Nein, ist schon gut. Ich glaube dir. Selbstverständlich stehe ich zu meinem Kind. Aber warum kommst du erst jetzt zu mir?"

Ellen sah ihn nachdenklich an und sagte: „Weil ich dachte, dass ich dich kenne. Und wenn es nach mir gegangen wäre, hättest du nie erfahren, dass du einen Sohn hast. Aber mit einem Kind ist das Leben nicht leicht. Und dann habe ich deine Stellenanzeige gelesen. Was ist nun? Bekomme ich den Job und Niklas einen Vater?"

Sebastian bekannte sich zur Vaterrolle, zahlte Unterhalt für Niklas und stellte Ellen ein.

Anfangs war es eine rein geschäftliche Bindung. Doch Sebastian hatte Niklas rasend schnell ins Herz geschlossen. Auch Ellen begehrte er von Tag zu Tag mehr und verliebte sich in sie. Die Besuchsstunden bei Niklas wurden zu Besuchstagen und Nächten mit Ellen. Es vergingen wenige Wochen und Sebastians Zuhause wurde das von Ellen und Niklas.

Ellen liebte ihn, sie liebte ihn mehr, als sie ihn zuvor geliebt hatte. Doch ein Gefühl sagte ihr, dass er nicht der Mann war, den sie kannte, und sie begann Fragen zu stellen. Sebastian musste um jeden Preis der Wahrheit aus dem Weg gehen. Also erzählte er ihr, dass ihn das Zugunglück, bei dem er seinen Bruder Johannes für immer verlor, verändert hatte. Ellen wollte ihm gerne glauben, doch es war seine Zuverlässigkeit, vor allem aber die Zärtlichkeit, die sie verunsicherte. Konnte sich das Wesen eines Menschen so verändern? Ellen beschlich eine bedrückende Vermutung. Lange vor und nach Sebastian hatte es keinen Mann in ihrem Leben gegeben. Gerne hätte sie stillschweigend die Vaterschaft testen lassen. Allerdings war das bei eineiigen Zwillingen aussichtslos. Doch Ellen wollte endlich Gewissheit. Sie erinnerte sich, dass ihr Sebastian vor Jahren von einem Fahrradunfall und einer damit verbundenen Kieferoperation erzählt hatte. Auf die Gefahr hin, einen unentschuldbaren Vertrauensbruch zu begehen, verlangte sie von Sebastian einen Beweis dafür. Vielleicht gab es in der Klinik noch Unterlagen und wenn nicht, ein neues Röntgenbild würde ebenfalls Aufschluss geben.

Sebastians versteinerter Blick und sein alles sagende Schweigen traf Ellen wie ein Schlag ins Gesicht und ihr Alptraum wurde wahr. Sebastian war Johannes und der Onkel von Niklas. Was geschah damals im Zug wirklich? Zutiefst frustriert stellte Ellen den Mann, den sie glaubte zu lieben, zur Rede.

Sebastian konnte nicht klar denken, sein Leben löste sich in dieser Minute auf, er sah keinen Ausweg mehr. Er wich Ellens Blick aus und schwieg betroffen. Erst als sie drohte, ihn anzuzeigen, brach er sein Schweigen. Er erzählte vom Tod der Eltern, von der Manufaktur und den Schulden. Er erzählte von der Gleichgültigkeit seines Bruders und dem Lottogewinn. Und Ellen erfuhr, warum und wie aus ihm ein anderer Mensch wurde.

Ellen hatte zugehört, ihn nicht unterbrochen und Sebastian hoffte, dass sie ihn verstand. Hoffnungsvoll bat er sie: „Verrate mich nicht. Bitte zerstöre nicht mein Leben."

Ellen sah Sebastian enttäuscht an. Kühl sagte sie: „Das ist also dein einziges Problem. Keine Angst, von mir erfährt es niemand. Aber verlange nicht, dass ich bei dir bleibe."

Am nächsten Tag verließ sie Sebastian, der er nie gewesen war, und ging mit ihrem Sohn, der nun keinen Vater mehr hatte.

Auf dem Küchentisch fand Sebastian ihren Abschiedsbrief:

*„Ich habe an unsere Liebe geglaubt. Doch nun teile ich mit Dir ein fürchterliches Geheimnis und mit einem Phantom kann ich nicht leben. Ich wünsche Dir, dass Du glücklich wirst.*

*Ellen"*

Möglicherweise hätte Sebastian weiterleben können wie bisher, doch er liebte Ellen und Niklas. Sie waren seine Familie. Er wollte sie und sein altes Leben zurück.

Sebastian zeigte sich selbst an. Wegen Irreführung der Justiz und Urkundenfälschung drohte ihm eine Verurteilung. Wenn er Glück hatte, würde er mit einer Bewährungsstrafe davonkommen. Doch er fühlte sich frei wie nie zuvor. Er war wieder Johannes und jeder durfte es wissen.

Johannes hatte sich zu seiner Lebenslüge bekannt. Nun wollte er nur noch Eines. Er setzte sich an den Tisch und schrieb einen Brief.

*„Liebe Ellen, ich habe Dich belogen, benutzt und Dein Vertrauen missbraucht. Zu Recht hast Du mich verlassen. Wie konnte ich von Dir verlangen, über mein verlogenes Leben zu schweigen und mit meiner Lebenslüge zu leben.*

*Nachdem Du weg warst, habe ich begriffen, dass ich nicht mehr wie bisher weiterleben darf und will.*

*Ja, ich bin wieder Johannes und werde meine Strafe verbüßen. Doch das ist nichts gegen die Strafe, Dich und Niklas verloren zu haben. Ich liebe Dich und Niklas. Ellen, ich bitte Dich von Herzen, kommt zurück. Ich möchte Dein Mann sein und der Vater von Niklas.*

*Ach Ellen, wenn Du mir verzeihen könntest. Aber warum solltest Du? Nicht einmal ich kann mir verzeihen.*

*In Liebe Johannes"*

Es vergingen fast zwei Wochen. Eines Morgens ging die Bürotür der Grafikmanufaktur auf und Ellen stand mit Niklas an der Hand vor Johannes.

„Sag mal, Johannes Hofer, ich habe gehört, dass du eine Stelle für eine Bürokauffrau vergibst?"

Johannes sprang vom Schreibtisch auf, überglücklich umarmte er Ellen und Niklas.

„Ihr habt mir unendlich gefehlt." Verlegen wischte sich Johannes die Tränen aus dem Gesicht.

„Was ist nun mit dem Job?", fragte Ellen kess. Sie lächelte wie bei ihrer ersten Begegnung vor fast einem Jahr.

Dieses Lächeln hatte Johannes so lange vermisst. Er griff nach ihrer Hand und sagte: „Vielleicht suche ich irgendwann eine Sekretärin. Viel mehr aber brauche ich eine Frau wie dich und einen Sohn wie Niklas, um endlich ein neues Leben beginnen zu können."

Niklas, der von all dem nichts verstand, schob seine Hand in die von Johannes, sah ihn verdutzt an und meinte: „Aber Papa, wir leben doch schon."

Johannes spürte die Wärme der kleinen Kinderhand und sie gab ihm Geborgenheit und Hoffnung. Er umarmte Niklas, hob ihn auf den Arm und sagte: „Ja mein Sohn, wir leben."


Einige Tage später ließen Johannes und Ellen einen neuen Grabstein anfertigen und an einem Tag im Mai verabschiedeten sie sich gemeinsam mit ihrem Sohn Niklas von Sebastian. Endlich durfte auch er seine Ruhe finden.

# Sommergewitter – eine Ballade

Ich sitze im Park, rote Rosen in meiner Hand.

Denke daran, was ich verlor und dennoch gewann.

Es war der Tag, an dem wir uns liebten im See.

Ich denke zurück, es tut immer noch weh.


Wir fuhren zum See, mitten im Wald.

Ich fragte ihn, was willst du mir sagen?

Er lächelte, du hörst es schon bald.

Wir küssten uns und ich vergaß alle Fragen.


Es gab nur uns zwei und die Liebe allein.

Stahlblau das Wasser, wir tauchten hinein.

Smaragdgrüne Schatten, sie deckten uns zu.

Fichten und Tannen beschützten die Ruh.

Später saßen wir im Halbdunkel des Tanns.

Der Wind strich zart durch die Wipfel der Bäume.

Strahlen der Sonne brachen im goldenen Glanz.

Da sprach er hinein in meine Träume.


Heirate mich, ich will mit dir leben.

Diesen Ring will ich heute dir geben.

Ein Kind, das werden wir einmal haben.

Es soll immer unser beider Namen tragen.


Mein Herz, es jubelte, ich küsste ihn lang.

Überglücklich waren die Gefühle in mir.

Ich rief, ja, ich will leben, nur mit dir!

Dann dachte ich an das Baby, mir wurde bang.

Er nahm mich in die Arme, hauchte mir ins Ohr.

Wir haben viel Zeit und noch so viel vor.

Das Kind werden wir bestimmt noch bekommen.

Dieses Glück wird uns von niemandem genommen.


Am Rand des Waldes schlief die Zeit für uns ein.

Wir träumten vom Leben und wollten glücklich sein.

Bedrohlich dunkle Wolken, sie schienen noch weit.

Doch der Himmel grollte und Blitze waren bereit.


Mit der Honda flohen wir aus dem Paradies.

Der Regen peitschte, das Glück uns verließ.

Die Straße lag im Dunkel, eng und schmal.

Und das Schicksal ließ uns keine Wahl.

Ein grelles Licht schoss aus der Dunkelheit.

Es war ein Blitz, zum Vernichten bereit.

Der Baum war gespalten, die Krone, sie fiel.

Das Unheil schlug zu und wir waren das Ziel.


Ich spürte den Schlag, wusste nicht, was geschah.

Mein Körper schlug auf, doch ich fühlte nichts mehr.

Angstvoll schrie ich, Liebster, komm zu mir her!

Verlassen lag ich, denn niemand war mir noch nah.


Der Regen ließ nach, die Luft roch verbrannt.

Ich hörte Stimmen, wie hinter einer Wand.

Mir wurde eiskalt, meine Hoffnung verstrich.

Ich schwebte davon in ein dunkles Nichts.

Ich fand mich wieder, in einem Raum im Neonlicht.

Die Wahrheit tat weh, es gab nur noch mich.

Mein Liebster war tot! Und ich sollte leben?

Ich wollte mein Leben für das seine geben.


Was man mir sagte, war schwer zu verstehen.

Unser Kind durfte leben, du aber musstest gehn.

Ein Kind wuchs heran, tief drinnen in mir.

Doch wollte ich es zusammen, nur mit dir!


Die Zeit war sehr schwer und ging doch vorbei.

Ich sah in die Zukunft, mein Herz wurde frei.

Das Kind war unser größter Wunsch im Leben.

Nun konnte nur ich allein ihm Liebe geben.

Ich trage noch immer am Finger deinen Ring.

Obwohl unser Glück viel zu früh verging.

Danke mein Liebster, ich bin nicht allein.

Im Wagen liegt Felix, so zart und so klein.


Felix, dein Papa hat Geburtstag, wir gehen zum Grab.

Er soll immer wissen, wie lieb ich dich hab.

Ich nehme die Rosen, und schau auf mein Kind.

Die Erinnerung bleibt, doch unsere Zukunft beginnt.

Zeitfracht Medien GmbH
Ferdinand-Jühlke-Straße 7
99095 Erfurt, Deutschland
produktsicherheit@kolibri360.de